Francis Durbridge

Die Memoiren von André d'Arnell

(The Memoirs of André d'Arnell)

Hörspielmanuskripte für neun Rätselkrimis

sowie die Originalmanuskripte zu drei kurzen Radiokrimis
Der Knappe – Das Ass – Paul Jones

aus dem Englischen übersetzt von
Dr. Georg Pagitz

mit einem Vor- und Nachwort des Übersetzers

– Williams & Whiting –

Von Francis Durbridge sind bereits bei Williams & Whiting erschienen (Bandnummer in Klammer):

Die Anhalterin (12)

Dreimal Tod im Radio: Mord in der Botschaft / Mr. Lucas / Die Caspary-Affäre (25)

Ein Fall für Sexton Blake (26)

Die Frau im Hintergrund (13)

Das Halstuch (29)

Die gelbe Windmühle (5)

Julian (30)

Die Kette (34)

Ein Mann namens Harry Brent (31)

Mein Freund Charles (24)

Das Messer (21)

Michael Starr ermittelt (41)

Mitten ins Herz / Der Mann, der das Quiz gewann / Die vorsichtige Miss Helvin (6)

Mr. Hartington starb morgen (37)

Die Nylonmorde (39)

Operation Diplomat (17)

Paul Temple: Mord in Serie (28)

Paul Temple muss her! (3)

Paul Temple und der Curzon-Fall (36)

Paul Temple und der Fall Valentine (8)

Paul Temple und der Fall Dr. Belasco (10)

Paul Temple und der Fall Sullivan (20)

Paul Temple und der Fall Z.4 (19)

Paul Temple und die Marquis-Morde (11)

Paul Temple u. d. Schlagzeilenmänner (40)

Porträt von Alison (23)

Ein Reisepass voller Gefahr (33)

Schöne Grüße von Mister Brix (4)

Schritt ins Dunkel (2)

Sie wussten zu viel / Das Gesicht der Carol West (7)

Stichtag für Harry / Paul Temple und der vorausgesagte Mord (1)

Die Teckman-Biographie (18)

Tim Frazer und das Rätsel von Melynfforest (22)

Vorsicht vor Johnny Washington! (14)

Wie ein Blitz (32)

Das zerbrochene Hufeisen (16)

Zwanzig Minuten von Rom (15)

Zakary (35)

Zwei Fälle für Paul Temple: Der Fall McRoy / Der Fall Westfield (9)

Coverdesign: Timo Schröder

ISBN 9781917798051

Williams & Whiting (Publishers)

15 Chestnut Grove, Hurstpierpoint, West Sussex, BN6 9SS, England

Inhalt

Vorwort _____ 7
von Dr. Georg Pagitz

Die Memoiren von André d'Arnell _____ 13
von Francis Durbridge

Folge 1: *Das Drahtseil* 15
Folge 2: *Mord im Hotel* 24
Folge 3: *Brandstiftung* 33
Folge 4: *Drohbriefe* 42
Folge 5: *Kunst* 51
Folge 6: *Das Diamantarmband* 59
Folge 7: *Der unfreundliche Brief* 68
Folge 8: *Der entflohene Sträfling* 76
Folge 9: *Die Tote im Aufzug* 84

Der Knappe_____ 93
von Francis Durbridge

Das Ass _____ 100
von Francis Durbridge

Paul Jones _____ 107
von Francis Durbridge

Die Francis-Durbridge-Edition
von Williams & Whiting _____ 113

Vorwort
von Dr. Georg Pagitz

Francis Durbridge (1912–1998) war ein äußerst vielfältiger Autor. In seiner über sechzigjährigen, permanent erfolgreichen Karriere verfasste er überwiegend Manuskripte für Fernsehen und Radio, schrieb aber darüber hinaus auch Theaterstücke, Romane, Kurzgeschichten, Comictexte und Drehbücher für Kinofilme.

Innerhalb dieser Buchreihe von Williams & Whiting sind neben den bekannteren Werken auch schon einige unbekanntere erschienen, viele davon erstmals auf Deutsch.

Durbridge, der seine Karriere als Autor von kurzen Sketchen und Texten für das Radio begann, lieferte der BBC zwischen 1933 und 1944 – dem Jahr, in dem die Radioserie *Die Memoiren von André d'Arnell* auf Sendung ging – über einhundert Manuskripte ab. Im Juli 1933 ging sein erstes Kurzhörspiel *The Three-Cornered Hat* innerhalb der Sendung *The Children's Hour* auf Sendung. Es folgten Dramen, Musikkomödien, Sketche, Komödien – und erste Versuche im Krimifach. 1938 entstand die erste Paul-Temple-Serie und wurde zum größten Erfolg des britischen Radios bis dahin.

In den späten 1930er- und in den 1940er-Jahren war Francis Durbridge unglaublich produktiv. Obwohl Paul Temple ein phänomenaler Erfolg war und multimedial in Form von Romanen, Kurzgeschichten, einem Theaterstück und Verfilmungen ausgewertet wurde, verließ sich Durbridge nie gänzlich auf den Ruhm dieser Figur.

Er musste Geld verdienen – und gerade in den Kriegsjahren war dies schwierig. Zwar musste er nicht an die Front, da er als Pazifist den Dienst an der Waffe verweigerte, arbeitete jedoch auf einer Lebensmittelfarm und war auch als Brandwächter für die BBC Birmingham tätig.

In dieser Zeit – es war das Jahr 1944 – schrieb er für die beliebte Radiosendung *Monday Night at Eight*, eine Unterhaltungssendung, die aus Musik und weiteren verschiedenen Programmpunkten bestand, sechsundzwanzig Folgen von *Michael Starr Investigates / Michael Starr ermittelt* und neun Folgen von *The Memoirs of André d'Arnell / Die Memoiren von André d'Arnell*. Dabei handelte es sich um Kurzkrimis, in denen der Protagonist die Fälle löst, indem er den Verdächtigen genau zuhört und in ihren Aussagen einen Fehler entdeckt. Dem Publikum wurde dabei die Möglichkeit eingeräumt, mitzuraten, denn an einer gewissen Stelle wurde die Sendung unterbrochen, um den Zuhörerinnen und Zuhörern die Gelegenheit zu geben, in Ruhe zu kombinieren. Während Musik und weitere Programmpunkte der Sendung über den Äther gingen, konnte vor den Empfängern – gemeinsam mit der Familie oder Freunden – gerätselt werden, bis am Ende von *Monday Night at Eight* die Auflösung erfolgte.

Die sechsundzwanzig in sich abgeschlossenen Episoden der Serie *Michael Starr Investigates* (⇨ Band 41 *Michael Starr ermittelt*) wurde zwischen dem 14. Februar 1944 und dem 7. August 1944 ausgestrahlt. An diesem Tag endete auch die Staffel von *Monday Night at Eight*.

Die neun Folgen von *The Memoirs of André d'Arnell* sendete die BBC zwischen dem 9. Oktober und dem 18. Dezember 1944. Die erste Folge wurde mit Beginn der neuen Staffel von *Monday Night at Eight* ausgestrahlt.

Es handelt sich dabei um keine großen Kriminalfälle, vielmehr sollte sich das vom Krieg geplagte Publikum mit leichter Unterhaltung vergnügen und Spaß am Rätseln haben. Zwar verrät sich in jeder Episode der Täter durch ein Detail, aber letztendlich wäre keine dieser Lügen ausreichend, um sie auch verhaften zu lassen oder sie gar hinter Gitter zu bringen. Vielmehr sind es die Verbrecher selbst, die sich angesichts der von André d'Arnell aufgedeckten Unwahrheit verblüfft zeigen und sofort alles zugeben.

Francis Durbridge ging es weder in *Michael Starr ermittelt* noch in *Die Memoiren von André d'Arnell* darum, authentische Kriminalfälle zu zeichnen. Vielmehr vergnügte er sich auch als Autor damit, dem Publikum einen sympathischen und charismatischen Protagonisten zu präsentieren, der mit seinen kleinen grauen Zellen und durch achten auf die kleinsten Details jeden Fall lösen kann. Dazu kommt, dass auch in keiner Episode der Humor fehlt.

Wer ist nun dieser André d'Arnell? Von ihm erfahren wir in der ersten Episode selbst, dass er ein kleiner, nur einen Meter fünfundfünfzig großer, leicht graumelierter dunkelhaariger Franzose mit einem kleinen, aber aparten Schnurrbart ist. D'Arnell trägt gern ausgefallene, bunte Kleidung, sehr zum Leidwesen seiner neunundzwanzigjährigen Ehefrau Lucille, einer Britin. Er selbst ist dreiundvierzig Jahre alt und äußerst selbstherrlich und Eitel. Er betrachtet sich als berühmtesten Detektiv Europas und viele Polizeibeamte kennen ihn. Er hat eine Reihe von Verbrechern hinter Gitter gebracht, weshalb sich viele an ihm rächen wollen. D'Arnell bleibt stets ruhig und gelassen, redet viel und ist oft – was seine Künste angeht – überheblich. Er sagt von sich, dass er ein ausgezeichneter Tänzer sei. Lucille ist seine bessere Hälfte, die er oft mit Komplimenten überhäuft. Er spricht sie oft mit einem Kosenamen an und ist äußerst (selbst)zufrieden, wenn sie ihn am Ende eines Falles lobt. Andererseits ist Lucille es, die ihren Mann auf den Boden der Tatsachen zurückholt und ihm Einhalt gebietet, wenn er wieder einmal zu selbstherrlich ist und zu viel redet.

Die hier abgedruckten Übersetzungen basieren auf den Originalmanuskripten von Francis Durbridge. Dieser verzichtet im Original darauf, den Franzosen d'Arnell mit Akzent sprechen zu lassen und beschränkt sich lediglich darauf, den Protagonisten einige französische Ausdrücke wie *monsieur* oder *madame* in den Mund zu legen. Deshalb wurde auch in der Übertragung des Textes ins Deutsche nicht auf den Umstand des Akzents Rücksicht genommen.

Zu zwei der neun Fälle (Episode 5 und 8) fehlte in den Unterlagen von Durbridge leider die Auflösung. Diese wird jedoch anhand der im Text gelieferten Fakten rekonstruiert.

Aus den von Francis Durbridge penibel geführten Einnahmenbuch geht hervor, dass der Autor immer ca. zehn Tage nach Ausstrahlung der jeweiligen Episode 15 Pfund und 15 Shilling für seine Arbeit erhielt. In heutigem Geld (Stand: März 2025) wären dies etwa 380 Euro.

Ausschnitt aus Francis Durbridges Einnahmenbuch,
in das er handschriftlich notierte, wie viel Geld er pro Episode erhielt.

Die Hauptrollen in *The Memoirs of André d'Arnell* sprachen Kenneth Kent als André und Linden Travers als Lucille. Regie führte Harry S. Pepper. Die Folgen hatten im Original keine Titel, zur besseren Unterscheidung erhielten sie in der deutschen Übersetzung jedoch welche.

Im Anhang zu diesem Buch finden Sie drei weitere kurze Radiokrimis, die Francis Durbridge für die BBC verfasste und die – wie *Die Memoiren von André d'Arnell* – bisher auf Deutsch unvertont sind. Es handelt sich dabei um *Der Knappe*

(Originaltitel: *The Knave*, BBC-Erstsendung innerhalb der Sendung *Mr Mike Presents* am 2. Juni 1936), *Das Ass* (Originaltitel: *The Ace,* BBC-Erstsendung innerhalb der Revuesendung *The Tune You Heard* am 18. August 1936) und *Paul Jones* (Originaltitel: *Paul Jones*, BBC-Erstsendung innerhalb der Sendereihe *Variety in Minituare* am 12. Februar 1937).

Spannende Unterhaltung sowie gutes Gelingen beim Miträtseln!

8.0 ' MONDAY NIGHT AT EIGHT '

. (First of a new series). With Edward Cooper ; ' The Memoirs of André d'Arnell '—a weekly detective problem, featuring Keneth Kent and Linden Travers, written by Francis Durbridge ; ' With a Star and a Song ' ; Binnie Hale ; Richard Murdoch in ' Puzzle Corner ' ; Mr. Gillie Potter is condescendingly informative ; ' The Hall of Fame,' to which famous personalities of stage, screen, and radio are summoned (by arrangement with Leonard Urry), featuring Dick Francis as the Majordomo. The Singing Commères, the Revue Chorus, and BBC Variety Orchestra, conducted by Charles Shadwell   Produced by Harry S. Pepper

Ausschnitt aus der *Radio Times* (Ausgabe 1097, Seite 8): Programmankündigung für Montag, 9. Oktober 1944, 20.00 Uhr, BBC Home Service

KENETH KENT
detective in the new
series 'The Memoirs
of Andre d'Arnell'

Ausschnitt aus der *Radio Times* (Ausgabe 1097, Seite 8): Der Schauspieler Kenneth Kent (fälschlicherweise Keneth Kent geschrieben) wird als neuer Detektiv in *The Memoirs of André D'Arnell* vorgestellt

Francis Durbridge
Die Memoiren von André d'Arnell

Die Memoiren von André d'Arnell (Originaltitel: *The Memoirs of Andre d'Arnell*) wurde auf BBC Home Service immer montags innerhalb der Sendereihe *Monday Night at Eight* ausgestrahlt.

Folge 1: *Das Drahtseil*   Montag, 09.10.1944
Folge 2: *Mord im Hotel*   Montag, 16.10.1944
Folge 3: *Brandstiftung*   Montag, 23.10.1944
Folge 4: *Drohbriefe*   Montag, 30.10.1944
Folge 5: *Kunst*   Montag, 06.11.1944
Folge 6: *Das Diamantarmband*   Montag, 13.11.1944
Folge 7: *Der unfreundliche Brief* Montag, 20.11.1944
Folge 8: *Der entflohene Sträfling* Montag, 27.11.1944
Folge 9: *Die Tote im Aufzug*   Montag, 18.12.1944

André D'Arnell
KENNETH KENT

Lucille
LINDEN TRAVERS

Buch
FRANCIS DURBRIDGE

Produktion und Regie
HARRY S. PEPPER

Folge 1
Das Drahtseil

Ausstrahlung: Montag, 09.10.1944 (BBC Home Service)
Buch: FRANCIS DURBRIDGE | Regie: HARRY S. PEPPER

Rollen und DarstellerInnen:

André d'Arnell . . . . KENNETH KENT
Lucille . . . . LINDEN TRAVERS
Danny Roamer . . . CHARLES MAUNSELL
Freddy Broderick . PRESTON LOCKWOOD
Daisy . . . . FREDA FALCONER

RÄTSEL 1 – DER FALL

Als die Titelmusik verklingt, wird auf die Stimme von ANDRÉ D'ARNELL übergeblendet.

ANDRÉ: Guten Abend, meine Damen und Herren. Erlauben Sie mir, mich vorzustellen – André d'Arnell. (*Überrascht und amüsiert zugleich*) Wie sehe ich aus, Madame? Ich bin einen Meter fünfundfünfzig groß. Ich habe einen kleinen, aber sehr aparten Schnurrbart. Mein Haar ist dunkel. Es wird nur von einem klitzekleinen Hauch von Grau durchzogen. Und erst meine Kleidung! Ausgefallen!! Immer ausgefallen!! (*Verwundert*) Ob ich *was* bin, Monsieur? Verheiratet? Was für eine Frage! Aber natürlich! Mit einer Engländerin. Ihr Name ist Lucille – sie ist neunundzwanzig und sehr, sehr schick und modisch. (*Mit ei-*

15

nem kleinen Lachen) Nein, ich weiß nicht, warum sie mich geheiratet hat, Madame, das ist ein Rätsel, das ich nie lösen konnte! Aber heute Abend habe ich die Ehre, Ihnen das erste einer Reihe von wöchentlichen Krimirätseln zu präsentieren: Rätsel, die aus meinen persönlichen Memoiren stammen – den Memoiren von André d'Arnell! Hören Sie also gut zu, meine Freundinnen und Freunde, und sehen Sie zu, ob Sie den Fehler des Täters entdecken können. (*Nach einem Moment*) Eines Tages, es ist noch gar nicht so lange her, kamen Lucille und ich von einer Cocktailparty nach Hause. Es war etwa acht Uhr abends (*Ausblenden starten*) und so dunkel, dass wir, als wir ankamen …

Vollständiges Ausblenden.

Überblendung zu den Geräuschen eines Autos. Es fährt mit einer durchschnittlichen Geschwindigkeit.

ANDRÉ: Und, hat dir die Party gefallen, meine Süße?

LUCILLE: Sie war furchtbar langweilig! (*Lacht*) Und du hast viel zu viel geredet, André!

ANDRÉ: (*Gut gelaunt*) Ich habe viel zu viel geredet! Natürlich habe ich viel zu viel geredet, mein Schatz. Das tue ich immer. Das ist ein Teil meiner Persönlichkeit.

LUCILLE: Ja – aber, die Leute erwarten das nicht. (*Leicht*) Nicht von dem berühmten André d'Arnell.

ANDRÉ: Ich weiß! Sie erwarten von mir, dass ich charakterstark und schweigsam bin. (*Nachdenk-*

lich) Der – große – nachdenkliche – Detektiv! (*Lacht*) Ja, aber ich mag es nicht, stark und schweigsam zu sein. Ich mag es, fröhlich und vergnügt zu sein.

LUCILLE: Das warst du ja auch den ganzen Abend lang! Wie ein alter Knacker …

ANDRÉ: Lucille, bitte! Wenn du so von mir sprichst, dann klingt das, als sei ich ein alter Mann mit einem langen weißen Bart.

LUCILLE: (*Lacht*) Vorsicht, Darling – da kommt die Einfahrt!

Das Auto wird langsamer, dann nimmt es wieder Fahrt auf.

ANDRÉ: (*Im Gespräch: nach einer Pause*) Diese junge Frau war ziemlich amüsant, fand ich. Die mit dem rosa …

LUCILLE: (*Plötzlich: überrascht*) André! André, da ist etwas, das sich über die Einfahrt erstreckt … Sieh mal … von dem Baum da drüben … Sieh doch nur!

ANDRÉ: (*Sieht nach vorne*) Ich sehe nichts … (*Lacht*) Du hast wohl zu viele Cocktails getrunken! … (*Plötzlich*) Mon Dieu! Mon … (*Verzweifelt*) Runter mit deinem Kopf!! Runter mit dem Kopf!

LUCILLE schreit.

Man hört das plötzliche Kreischen der Bremsen, das Schleudern des Wagens und das Zerspringen von Glas. Nach einem Moment kommt das Auto zum Stillstand.

ANDRÉ: (*Nach einer Pause: atemlos*) Lucille! Lucille, bist du in Ordnung?!

LUCILLE: J-Ja. Ja, André. Ich bin … Ich bin in Ordnung. (*Ziemlich benommen*) Aber … Aber was ist passiert?

ANDRÉ: (*Ernst*) Da ist ein Drahtseil, das quer über die Einfahrt gespannt wurde. Man hat es an der Eiche drüben auf der linken Seite befestigt. (*Langsam*) Wenn du es nicht bemerkt hättest, und ich das Auto nicht so verrissen hätte, dass …

LUCILLE: (*Schnell: angespannt*) Als wir um sechs Uhr die Einfahrt runterkamen, war das Seil aber noch nicht da …

ANDRÉ: Stimmt! (*Nachdenklich*) Weißt du, Lucille, es gibt nur zwei Männer in London, die sich so etwas Teuflisches ausdenken würden. Danny Roamer und ein Mann namens Broderick – Freddy Broderick. Beide mussten in der Vergangenheit in den Knast – als Folge meiner Ermittlungen, also nehme ich an, dass sie …

LUCILLE: Dass sie … was?

ANDRÉ: Nun, dass sie beide einen guten Grund haben, sich zu wünschen, mich aus dem Weg zu räumen.

LUCILLE: Du hast vielleicht nette Freunde!

ANDRÉ: (*Leise, aber entschlossen*) Geh hoch zum Haus, zieh dich um – und komm dann mit dem kleinen Wagen herunter. Ich warte am Tor auf dich.

LUCILLE: Aber – aber wohin fahren wir?

ANDRÉ: Was glaubst du denn, wo wir hinfahren, meine Süße? Nachforschungen anstellen natürlich. (*Überblendung starten*) Und lass mich nicht allzu lange warten, denn wir haben

noch eine kleine Reise vor uns …
Komplett ausblenden.

Überblendung zu ANDRÉ, *der an die Tür eines Hauses klopft.*

LUCILLE: Du willst mir doch nicht erzählen, dass Danny Roamer tatsächlich in diesem schrecklichen kleinen Haus wohnt! Es ist wirklich außergewöhnlich hässlich …

ANDRÉ: Pst! (*Leise*) Tais-toi! [frz.: Sei still!]

Jemand entriegelt die Tür und öffnet sie.

DANNY: (*Ein schroffer Ire*) Wer zum Teufel … (*Überrascht*) Aber hallo, Frenchy! Was zum Teufel treibt Sie um diese Zeit hierher?

ANDRÉ: (*Mit ruhiger Autorität*) Hallo, Danny! Sind Sie ganz allein?

DANNY: Klar! Ich komme gerade aus dem Pub, dem *The Black Dog.*

ANDRÉ: Wo ist das? *The Black Dog*?

DANNY: Es ist vorne an der Ecke, keine zweihundert Meter entfernt. Eine anständigere kleine Kneipe werden Sie diesseits des Atlantiks nicht finden.

ANDRÉ: Und wie lange sind Sie in diesem respektablen kleinen Pub geblieben, Danny?

DANNY: Von sechs Uhr bis zehn nach neun. (*Zu* LU-CILLE) War ein schöner Abend, Mademoiselle! Ich trank meinen Lieblingswhisky und träumte, ich wäre wieder in Ballybunion. Und nun frage ich Sie, gibt es eine vornehmere Art, einen Abend zu verbringen?

ANDRÉ: Waren Sie allein?

DANNY: Nein! Nein, Gott bewahre – nein! Ich war mit Freddy zusammen. Sie erinnern sich doch an Freddy – Freddy Broderick – ein feiner, anständiger Kerl!

ANDRÉ: Ja. Ja, ich erinnere mich an Freddy. Komm mit, Lucille! Ich denke, wir werden mit Monsieur Broderick sprechen. Wir werden sehen, was der Herr zu sagen hat.

DANNY: Und seien Sie nett zu ihm, Frenchy! (*Überblendung starten*) Passen Sie auf Ihre Wortwahl auf, denn es gibt Zeiten, in denen der arme alte Freddy so reagiert, als müsste er …

Vollständiges Ausblenden.

Überblendung auf den Hintergrund einer überfüllten und extrem schäbigen Kneipe.

FREDDY: (*Ein zäher Cockney*) Danny? Ja – war'n ganzen Abend über hier! – ist erst vor'n paar Minuten gegangen. Fragen Sie doch Daisy, oder fragen Sie irgendeinen der Jungs. Wenn Sie glauben, dass Danny etwas im Schilde führt, Frenchy, dann sind Sie auf'm Holzweg. Komplett! Das können Sie mir glauben!

ANDRÉ: Und Sie, Freddy? Wie lange sind Sie schon hier?

FREDDY: Ich? Den ganzen Abend. Stimmt doch, oder, Daisy?

DAISY: (*Eine schreckliche Cockney-Bardame*) Für mich scheint's so, als ob du schon seit Wochen hier bist! Was darf's sein?

ANDRÉ: Einen Gin mit Wermut für meine Frau und für mich …

DAISY: Keine Spirituosen – haben schon den ganzen Abend keine. (*Plötzlich raffiniert*) Kann Ihnen aber 'n schönes Glas Stout anbieten.

LUCILLE: Ich fürchte … Ich trinke leider kein Bier.

ANDRÉ: Du wirst es trinken und es wird dir schmecken, meine Süße. (*Schnell, damit die Bardame sich wegdreht*) Okay, okay. Zwei Stouts. (*Ernst*) Jetzt hören Sie mal zu, Freddy! Irgendein fehlgeleitetes Individuum mit einem verdrehten Sinn für Humor hat heute Abend versucht, mich zu ermorden. Und wenn es um Mord geht, dann bin ich – so seltsam es auch klingen mag, mein Freund – ein ziemlich sensibler Typ … (*Fast bedrohlich*) Das mag ich überhaupt nicht!!!

FREDDY: (*Äußerst unfreundlich*) Worauf zum Teufel wollen Sie hinaus?

ANDRÉ: Ich werde Ihnen sagen, worauf ich hinaus will, mein Freund! Ich weiß, wer das Seil über die Einfahrt gespannt hat. Ich weiß, wer versucht hat, André d'Arnell zu ermorden!

FREDDY: Was?!?!

LUCILLE: (*Ebenfalls erstaunt*) André! André, soll das ein Scherz ein?

ANDRÉ: Aber nein, meine Süße – ich mache keine Scherze!

Musik aufblenden.
Ausblenden.

SPRECHER: Wen verdächtigt André d'Arnell? Wissen Sie es? Später in der Sendung werden wir zu André d'Arnell zurückkehren, um die Lösung des heutigen Krimirätsels zu erfahren.

RÄTSEL 1 – DIE LÖSUNG

FREDDY: Was?!?!

LUCILLE: (*Ebenfalls erstaunt*) André! André, soll das ein Scherz ein?

ANDRÉ: (Langsam) Aber nein, meine Süße – ich mache keine Scherze!

FREDDY: (*Erschüttert*) Nun, wenn Sie keine Scherze machen, Mr. Clever – Wie sieht's aus?

ANDRÉ: (*Langsam, fast drohend*) Ich gebe Ihnen und Danny vierundzwanzig Stunden Zeit! Vierundzwanzig Stunden, um zu verduften! Wenn Sie das nicht tun, wird ein Haftbefehl ausgestellt – ein Haftbefehl für …

FREDDY: (*Plötzlich verzweifelt*) Ich hatte nichts damit zu tun! Ich schwöre, ich hatte nichts damit zu tun! Es war Danny – ich musste ihm versprechen, ihm ein Alibi zu geben und dann …

ANDRÉ: Ja. Ja, ich weiß, dass es Danny war …

FREDDY: (*Fassungslos*) Aber … Aber woher wissen Sie das?

LUCILLE: Ja, André, woher weißt du, dass es Danny war?

ANDRÉ: Hast du denn nicht gehört, was Danny gesagt hat, mein Schatz? Er sagte, dass er den Abend hier verbracht hat – im *The Black Dog* – und seinen … seinen Lieblingswhisky getrunken hat.

LUCILLE: Na und?

ANDRÉ: Aber du hast doch Daisy, die Bardame, ge-

hört! Wie konnte Danny seinen Lieblingswhisky trinken? Es gab den ganzen Abend
schon keinen Whisky mehr. Keine Spirituosen – überhaupt keine Spirituosen!

FREDDY: Nun, ich bin … Puh, und wir dachten, wir
hätten das perfekte Alibi gefunden!

ANDRÉ: (*Zufrieden mit sich selbst, lebendig*) So etwas
wie ein perfektes Alibi gibt es nicht, mein
Freund. In der Kunst der kriminalistischen
Deduktion ist es immer notwendig, die
grundlegenden Prinzipien zu berücksichti-
gen, die die psychologische Reaktion von …

LUCILLE: André!

ANDRÉ: Ja, meine Süße?

LUCILLE: Du redest zu viel!

ANDRÉ: (*Selbstzufrieden*) Aber natürlich tue ich das!

Aufblenden der Schlussmusik.

ENDE

Mord im Hotel

Ausstrahlung: Montag, 16.10.1944 (BBC Home Service)
Buch: FRANCIS DURBRIDGE | Regie: HARRY S. PEPPER

Rollen und DarstellerInnen:

André d'Arnell . . . . KENNETH KENT
Lucille . . . . LINDEN TRAVERS
Hoteldirektor Bradman . . . . . FRED YULE
Rogers . . . . DERMOT CATHIE

RÄTSEL 2 – DER FALL

Als die Titelmusik verklingt, wird auf die Stimme von ANDRÉ D'ARNELL übergeblendet.

ANDRÉ: Guten Abend, meine Damen und Herren. Heute Abend habe ich die Ehre, Ihnen ein weiteres Krimirätsel zu präsentieren. Ein Rätsel, das aus meinen persönlichen Memoiren stammt – den Memoiren von André d'Arnell. Hören Sie also gut zu, meine Freundinnen und Freunde, und versuchen Sie, den Fehler zu entdecken, den der Täter begangen hat. (*Nach einem Moment*) Vor vielen Monaten hielten Lucille und ich uns in London auf. Wir wohnten (*Ausblenden beginnen*) in einem kleinen Hotel nicht weit von der Park Lane entfernt. Ich erinnere mich noch gut sehr gut an diese Sache, weil wir durch einen seltsamen …

Szene ausblenden.

Überblendung auf LUCILLE.

LUCILLE: André!

ANDRÉ: Ja, mein Schatz?

LUCILLE: Du siehst schrecklich aus. Du kannst unmöglich ein rosa Hemd zu einem blauen Anzug tragen. Das gehört sich nicht.

ANDRÉ: Hör mal, Lucille, heute ist mein Geburtstag. Ich bin neununddreißig. Wenn ich also ein rosa Hemd zu einem blauen Anzug tragen will, dann …

LUCILLE: Dreiundvierzig.

ANDRÉ: Wie bitte?

LUCILLE: Du bist dreiundvierzig, André.

ANDRÉ: (*Leise*) Nun, ich – äh – ich fühle mich aber wie neununddreißig.

Das Telefon klingelt. ANDRÉ *nimmt den Hörer ab.*

ANDRÉ: Hallo? … Ja, am Apparat … (*Ungeduldig*) Wie bitte? … (*Ehrwürdig*) Monsieur, es gibt nur einen André d'Arnell! Ja, ja, natürlich höre ich zu. (*Eine Pause, dann ernst*) Wann ist das passiert? (*Leise*) Oh. Oh, ich verstehe. (*Zügig*) Ja – ja, natürlich. Sofort, Monsieur le directeur!

Der Hörer wird aufgelegt.

LUCILLE: (*Leise, angespannt*) Was ist los, André?

ANDRÉ: (*Nachdenklich, langsam*) Lucille, erinnerst du dich an gestern Nachmittag? … Da war eine junge Frau in der Lounge – ein ziemlich hübsches Mädchen – sie trug ein grünes Kleid, eine Diamantkette und …

LUCILLE: Und sie hat dich angelächelt, mein Süßer – und völlig unnötigerweise, wie ich dachte.

ANDRÉ: Ja, das hat sie, mein Schatz! Das muss mein neuer Anzug gewesen sein! (*Nach einem Moment, mit einem Seufzer*) Tja, nun … ich fürchte, sie wird nie wieder lächeln, das arme Ding!

LUCILLE: Wieso?

ANDRÉ: Sie wurde heute Morgen vom Zimmermädchen in ihrem Zimmer entdeckt … tot … erdrosselt. Ihre Halskette ist verschwunden.

LUCILLE: Oh. Oh, wie furchtbar!

ANDRÉ: Komm mit, meine Süße. Ich muss mich mit dem Hoteldirektor unterhalten. (*Ungeduldig*) Nun komm schon! Komm endlich! (*Ausblenden starten*) Dépêche-toi! … Dépêche-toi! [frz.: Beeile dich!]

Szene ausblenden.

Überblendung zu Hoteldirektor BRADMAN: *Im Moment ist es etwas schwierig zu verstehen, was er sagt, da im Hintergrund Tanzmusik läuft.*

BRADMAN: Ich wusste, dass Sie im Hotel wohnen, Monsieur d'Arnell, also dachte ich, dass Sie … na ja … unter diesen Umständen sicherlich …

ANDRÉ: (*Hat akustisch kein Wort verstanden*) Pardon, Monsieur?

BRADMAN: (*Erhebt seine Stimme, er ist außerdem sehr nervös*) Ich – ich sagte, ich wusste, dass Sie im Hotel übernachten, Monsieur d'Arnell, also dachte ich …

ROGERS: Ich werde das obere Fenster schließen, Sir.

Dann kann man die Musik interessanterweise nicht hören.

Das Fenster wird geschlossen und die Musik ist nicht mehr zu hören.

BRADMAN: (*Fast mit einem Seufzer der Erleichterung*) Ah. Ah, so ist es besser!

ANDRÉ: Nun, Monsieur le directeur, wenn Sie mir bitte die Details …

BRADMAN: Tja, ähm … diese junge Dame, Miss … Miss Philips kam gestern Vormittag hier an. Sie hat dieses Zimmer vor etwa vierzehn Tagen gebucht.

ANDRÉ: Hatte sie vorher schon mal bei Ihnen gewohnt?

BRADMAN: Nein. Nein, noch nie.

ANDRÉ: Und dieser Herr, der das Fenster geschlossen hat?

BRADMAN: Oh, äh – das ist Mr. Rogers. Er hat Miss Philips gestern Abend ins Theater begleitet. Als ich hörte, was passiert war, hielt ich es für das Beste, ihn zu benachrichtigen.

ANDRÉ: Sie kannten Mademoiselle Philips also, Monsieur?

ROGERS: Ja, aber leider nicht sehr gut. Wissen Sie, Miss Philips war eine Freundin meiner Schwester. Sie kam für ein paar Tage nach London und meine Schwester schrieb mir und fragte mich, ob ich mich um sie kümmern könnte. Wir sind uns gestern Abend zum ersten Mal begegnet.

ANDRÉ: Wo haben Sie sich getroffen?

ROGERS: In der Cocktailbar.

ANDRÉ: Um welche Zeit, Monsieur?

ROGERS: Oh … Ich würde sagen, so gegen Viertel nach sechs. Nach ein oder zwei Drinks sind wir dann direkt ins Theater gefahren.

ANDRÉ: Und wie spät war es, als Sie ins Hotel zurückkehrten?

ROGERS: Ich bin gar nicht ins Hotel zurückgekommen. Ich habe Miss Philips am Oxford Circus in ein Taxi gesetzt.

ANDRÉ: Verstehe. Nun, Monsieur le directeur, sagen Sie mir, woher wussten Sie, dass Monsieur Rogers ein Freund von Mademoiselle Philips war? Kommen Sie oft in dieses Hotel hier, Monsieur Rogers?

ROGERS: Nein, nein. Gestern Abend war ich zum ersten Mal in diesem Hotel. Mr. Bradman hier, der Direktor, hat sich mir vorgestellt …

BRADMAN: Ich habe mich ihm vorgestellt – gestern Abend in der Cocktailbar. Als ich dann von dem Mord hörte, erinnerte ich mich an den Namen von Mr. Rogers und schlug ihn im Telefonbuch nach.

ANDRÉ: Oh, oh, ich verstehe.

BRADMAN: Es war das Zimmermädchen, das den Mord entdeckt hat, Monsieur d'Arnell, also wenn Sie …

ANDRÉ: Meine Frau spricht gerade mit dem Zimmermädchen. Aber eine Frage möchte ich Ihnen noch stellen, Monsieur le directeur. (*Langsame Überblendung*) Sagen Sie mir, als Sie zum ersten Mal hörten, dass Mademoiselle Philips ermordet wurde, was war Ihre unmittelbare Reaktion? Haben Sie beschlossen, sich mit …

Szene ausblenden.

Überblendung auf eine Tür, die geöffnet und dann wieder geschlossen wird.

ANDRÉ: Hallo, Lucille. Hast du mit dem Zimmermädchen gesprochen?

LUCILLE: (*Imitiert das Zimmermädchen*) Ja, und es ist ein richtiges Mädel aus dem Norden. (*Lacht*) In Zukunft kannst du diese Arbeit alleine machen, André!

ANDRÉ: Was hat sie gesagt?

LUCILLE: Nun, anscheinend betrat das Dienstmädchen heute Vormittag gegen halb elf das Zimmer, zog die Vorhänge zurück, öffnete das Fenster und dann …

ANDRÉ: … entdeckte es die Leiche? Hm.

LUCILLE: André, was glaubst du, wann wurde der Mord begangen?

ANDRÉ: Ich würde sagen, kurz vor Mitternacht. Mademoiselle trug eine Armbanduhr am Handgelenk. Offensichtlich wurde sie im Verlauf des Kampfes beschädigt und blieb stehen. Sie zeigt zehn Minuten vor zwölf.

LUCILLE: Warum lächelst du?

ANDRÉ: Ich habe nur nachgedacht, Lucille. In einem solchen Fall hat man immer ein perfektes Alibi. Monsieur Bradman, der Hoteldirektor, sagt, dass er von zehn Uhr bis Mitternacht im Ballsaal war und dem Tanzorchester zugehört hat. Es gab ein kleines Problem mit dem

Orchester, deshalb hat es heute Vormittag geprobt. Die andere Person, ein junger Mann namens Rogers, gibt an, dass er sich um etwa Viertel nach neun von Mademoiselle getrennt hat. Um zehn Uhr fünfzehn war er im Bett.

LUCILLE: (*Ratlos*) Und … ähm … was denkst du, André?

ANDRÉ: (*Langsam, amüsiert*) Ich denke … Ich denke, dass einer von ihnen nicht die Wahrheit gesagt hat. (*Er kichert*)

LUCILLE: (*Erstaunt*) Dann … weißt du, wer Miss Philips ermordet hat?

ANDRÉ: Natürlich weiß ich das, mein Schatz. Jemand hat es mir gesagt

LUCILLE: (*Erstaunt*) Jemand … hat … es … dir gesagt? Wer?

ANDRÉ: Na du, meine Süße! (*Er kichert wieder*)

Musik aufblenden.
Ausblenden.

SPRECHER: Wen verdächtigt André d'Arnell? Wissen Sie es? Später in der Sendung werden Sie von André d'Arnell persönlich die Lösung des heutigen Rätsels erfahren.

RÄTSEL 2 – DIE LÖSUNG

SPRECHER: Wir geben nun zurück an André d'Arnell für die Lösung des heutigen Rätsels.

LUCILLE: (*Erstaunt*) Jemand … hat … es … dir gesagt? Wer?

ANDRÉ: Na du, meine Süße! (*Er kichert wieder*)

LUCILLE: Ich? Wieso ich?

ANDRÉ: Ja. Du hast mich an etwas denken lassen. Etwas, das ich fast vergessen hatte. Du hast mir nämlich erzählt, dass das Dienstmädchen heute Morgen das Fenster geöffnet hat, als sie ins Zimmer der Toten ging.

LUCILLE: Und?

ANDRÉ: Nun, das hat mich an eine bestimmte … eine bestimmte … nebensächliche Bemerkung denken lassen. Eine gewisse nebensächliche Bemerkung von Monsieur Rogers!

LUCILLE: An welche?

ANDRÉ: Der junge Mann behauptet, er habe Mademoiselle Philips in der Cocktailbar getroffen und sei dann direkt mit ihr ins Theater gefahren. Er sagt, dass er nicht zum Hotel zurückgekommen ist.

LUCILLE: Aha. Worauf willst du hinaus?

ANDRÉ: Ich will auf die Tatsache hinaus, dass er ins Hotel zurückgekommen ist und dass er, zumindest eine Zeit lang, im Schlafzimmer war!

LUCILLE: Wie kannst du das wissen?

ANDRÉ: (*Langsam*) Ich weiß es, meine liebe Lucille, weil er, als er das Fenster schloss, sagte: »Ich werde das obere Fenster schließen Sir – dann kann man die Musik interessanterweise nicht hören.« Verstehst du die Bedeutung dieser Bemerkung nicht? Er hatte das Fenster schon einmal geschlossen!

LUCILLE: André! André! Du bist ein Genie!

ANDRÉ: (*Selbstzufrieden*) Danke, mein Schatz!

LUCILLE: (*Entsetzt*) Aber dieses grässliche Hemd! (*Mit einem verärgerten Seufzer*) Ach, wenn du nur nicht so einen entsetzlichen Geschmack hättest!

ANDRÉ: (*Quietschfiedel*) Aber ich habe dich doch geheiratet, meine Süße! (*Er kichert*)

Aufblenden der Schlussmusik.

ENDE

Brandstiftung

Ausstrahlung: Montag, 23.10.1944 (BBC Home Service)
Buch: FRANCIS DURBRIDGE | Regie: HARRY S. PEPPER

Rollen und DarstellerInnen:

André d'Arnell . . . . KENNETH KENT
Lucille . . . . LINDEN TRAVERS
Fred . . . . DICK FRANCIS
Inspektor Kerr . . . . FRED YULE

RÄTSEL 3 – DER FALL

Als die Titelmusik verklingt, wird auf die Stimme von ANDRÉ D'ARNELL übergeblendet.

ANDRÉ: Guten Abend, meine Damen und Herren. Heute Abend habe ich die Ehre, Ihnen ein weiteres Krimirätsel zu präsentieren. Ein Rätsel aus meinen persönlichen Memoiren – den Memoiren von André d'Arnell. Hören Sie also gut zu, meine Freundinnen und Freunde, und versuchen Sie, den Fehler, den der Täter begangen hat, zu entdecken. (*Nach einem Moment*) Vor zwei oder drei Monaten, als Lucille und ich in London weilten, hatten wir ein Erlebnis, das – nun ja – gelinde gesagt – außergewöhnlich war. Wir hatten eine Wohnung in einem Wohnblock in der Nähe der Pall Mall gemietet, und eines Abends – es war etwa Viertel nach elf – erklärte ich

Lucille, (*Ausblenden beginnen*) wie ich das unglaubliche Glück hatte, die Lösung eines der ...

Szene ausblenden.

Aufblenden auf ANDRÉ D'ARNELL *in einem Gespräch.*

ANDRÉ: Du siehst also, mein Schatz, nur durch genaue Beobachtung, systematische Nachforschungen und die Entschlossenheit meinerseits, mich nicht von den konventionellen Aspekten des Falles täuschen zu lassen, konnte ich letztendlich ... (*Plötzlich*) Lucille, schläfst du etwa?

LUCILLE: (*Gähnt*) Nein ... nein, André, ich höre dir zu.

ANDRÉ: Nun, wie ich schon sagte, es war nur durch genaue Beobachtung, systematische Nachforschungen und meine Entschlossenheit, dass ich nicht ... Lucille! Lucille, du hörst nicht zu!

LUCILLE: (*Erschöpft*) André, wir liegen schon seit Stunden im Bett – hörst du denn nie auf zu reden?

ANDRÉ: (*Überrascht*) Magst du es denn nicht, wenn ich im Bett rede?

LUCILLE: Aber nicht die ganze Zeit, Liebling – bitte!

ANDRÉ: Lucille, du bist komisch! Ach, so seltsam. Ich erzähle dir eine der aufregendsten ...

LUCILLE: (*Plötzlich, hellwach*) André. André! Hör doch mal!

ANDRÉ: Was ist?

LUCILLE: (*Angespannt*) Hör doch!

Unten auf der Straße sind Stimmen zu hören: aufgeregte

Stimmen, Menschen, die schreien, Feuerwehrautos, eine Glocke bimmelt.

ANDRÉ: (*Plötzlich, erschrocken*) Lucille! Lucille!

LUCILLE: (*Erschrocken*) Was ist los, André, was ist denn?

ANDRÉ: (*Schnell, aufgeregt*) Riechst du es denn nicht?! Es brennt! Das Gebäude steht in Flammen!

LUCILLE: Es ... brennt!

ANDRÉ: Warte hier, mein Schatz! Nein ... nein, folge mir nicht! Hol deinen Morgenmantel und warte hier!

LUCILLE: (*Entsetzt*) André, lass mich nicht allein! Lass mich nicht allein, André! (*Verzweifelt*) André!

Aufblenden der Straßengeräusche, des Knisterns des Feuers und des einstürzenden Mauerwerks.

ANDRÉ: (*Atemlos*) Lucille – wir sind eingeschlossen – wir sind im sechsten Stock und es gibt keine Möglichkeit, runterzukommen! Die Treppe ist abgebrannt – und die Feuerleiter ist ganz auf der anderen Seite des Hauses.

LUCILLE: Können wir denn nicht irgendwie dorthin gelangen?

ANDRÉ: Das glaube ich kaum, meine Süße!

LUCILLE: Was ... Was tun wir?

ANDRÉ: Ich weiß es nicht. Es scheint mir, dass wir nur die Möglichkeit haben ...

LUCILLE: (*Angsterfüllt*) André, was können wir nur tun?

ANDRÉ: Hör mal, Lucille, um Himmels willen, verlier jetzt bloß nicht ...

FRED: (*Aus dem nahen Hintergrund, ein typischer Cockney*) Achtung! Weg da vom Fenster!

Plötzlich zerspringt Glas. Während des gesamten folgenden Dialogs ist im Hintergrund das Knistern des Feuers zu hören.

ANDRÉ: (*Mit Erleichterung*) Sind wir froh, Sie zu sehen, mein Freund!

FRED: Verdammt, wird 'n bisschen warm hier, was?

LUCILLE: André! André – ich kann niemals diese Leiter runterklettern! Sieh dir nur an, wie hoch das ist … Sieh doch!

ANDRÉ: Stell dich nicht so an, Lucille … stell dich nicht so an! Es ist doch nicht so hoch … es sind nur … (*nervös*) … nur sechs Stockwerke!

FRED: (*Schnell*) Kommen Sie, Miss! Na, kommen Sie schon! Ziehen Sie sich das Stück Chiffon da an – und dann geht's los!

LUCILLE: Ich … Ich kann nicht … Ich kann das nicht … Oh! (*Sie fällt in Ohnmacht*)

ANDRÉ: (*Erschrocken*) Sie ist ohnmächtig! Lucille! Lucille!

FRED: Lassen Sir nur, ich kümmere mich um sie und … (*Angespannt*) Is' schon gut, Kumpel! Ich halt sie fest! Springen Sie rüber! Also, Miss … auf meine Schulter!

ANDRÉ: Oh nein, lassen Sie das, mein Freund! Nicht, wenn all diese Leute da zusehen! Wenn jemand den großen Abgang macht, dann ist es André d'Arnell! Also, auf meine Schulter, Liebling! Ruhig! Ganz ruhig!

LUCILLE: (*Schwach*) Langsam, André!

36

ANDRÉ: (*Taumelt und schwankt*) Darauf kannst du dich verlassen, meine Süße!

Aufblenden der Straßengeräusche.
Szene komplett ausblenden.

Aufblenden von ANDRÉ D'ARNELL.

ANDRÉ: Noch einen Whisky mit Soda, Inspektor?

KERR: Nein, … lieber nicht … vielen Dank, Sir. (*Freundlich*) Das mit Ihrem Fuß tut mir leid, Mrs. d'Arnell – hier, ich hole Ihnen das Kissen. Tut es noch sehr weh?

LUCILLE: Nein. Nicht wenn ich ihn nicht bewege. (*Mit einem kleinen Lachen*) Das wäre nie passiert, wenn André nicht versucht hätte, sich so aufzuspielen.

ANDRÉ: Aber Darling …

LUCILLE: (*Süß, um* ANDRÉ *zu ärgern*) Er ist von der letzten Sprosse gesprungen, Inspektor – nur um die Menge zu beeindrucken.

ANDRÉ: Liebling, ich schwöre es dir. Ich schwöre dir, ich bin ausgerutscht! Herr Inspektor, ich habe mich von meiner besten Seite gezeigt, als mir plötzlich schwindlig wurde und ich das Gleichgewicht verlor … und ich ausgerutscht bin!

INSPEKTOR KERR und LUCILLE lachen.

KERR: Wie dem auch sei, Sie hatten beide wirklich großes Glück. Nun, Monsieur d'Arnell … (*Er räuspert sich*) Wir haben den begründeten Verdacht – und zwar einen ziemlich begründeten –, dass das Feuer absichtlich gelegt wurde und dass es sich in Wirklichkeit um Brandstiftung handelte.

LUCILLE: Um Brandstiftung?

KERR: Genau!

ANDRÉ: (*Leise*) Fahren Sie fort, Inspektor.

KERR: Wie Sie wahrscheinlich wissen, gehört das Gebäude einem Geldverleiher namens Sanray – Gabriel Sanray. Nun, dieser Sanray ist nicht gerade das, was man einen beliebten Menschen nennen würde, deshalb …

LUCILLE: Das ist er ganz sicher nicht, Inspektor!

KERR: … deshalb hatten wir einige Schwierigkeiten, das Feld der Verdächtigen einzugrenzen. Allerdings sind wir jetzt ziemlich überzeugt davon, dass das Feuer entweder von unserem alten Freund Teddy Ryan oder von einem anderen Gentleman namens Oakes – Spider Oakes – gelegt wurde.

ANDRÉ: Um wie viel Uhr wurde das Feuer genau gelegt – wissen Sie das?

KERR: Ja – kurz vor Viertel nach elf. Ich habe heute Morgen mit Ryan gesprochen und er erzählt mir, dass er gestern Abend um Viertel nach elf mit der U-Bahn von Piccadilly Circus nach Marble Arch unterwegs war.

ANDRÉ: Und wo hat er den früheren Teil des Abends verbracht?

KERR: Das kann ich ihnen im Detail sagen. Mal sehen … Er verließ seine Wohnung gegen 18 Uhr 45 und ging direkt in ein Wirtshaus namens *The Happy Mermaid* – es liegt an der Tottenham Court Road. Er verließ das Pub gegen 21 Uhr und nahm dann ein Taxi zu einem Club in Piccadilly. Er behauptet, Piccadilly kurz vor elf verlassen zu haben. Er schlief ein, sobald die U-Bahn losfuhr – er war ziemlich erledigt – und schaffte es nur gerade so, rechtzeitig aufzuwachen, als er sein Ziel erreicht hatte.

ANDRÉ: Und was ist mit diesem anderen Gentleman – Spider Oakes?

KERR: Anscheinend ist Spider mit einem Mädchen befreundet, das an der Kasse eines Vorstadtkinos arbeitet – dem *Royalty Cinema* in Wimbledon. Er fuhr gestern Abend gegen 19 Uhr dorthin und kam kurz nach Mitternacht wieder ins West End zurück.

ANDRÉ: Hat er sich einen Film angesehen?

KERR: Oh ja. Er hat sich das Programm angesehen. Er sagte, es war ein alter Film mit James Cagney … hmm … wie hieß er noch gleich? Ach ja, ich erinnere mich jetzt: *Der öffentliche Feind*.

ANDRÉ: *Der öffentliche Feind*. Ein passender Film für unseren Freund.

LUCILLE: Aber Spider kann doch dort nicht den ganzen Abend verbracht haben … von sieben Uhr bis … (*Plötzlich, verwundert*) Warum lächelst du, André?

ANDRÉ: (*Selbstzufrieden*) Wie oft habe ich dir schon gesagt, mein Liebling, dass es die kleinen, scheinbar unwichtigen und unbedeutenden Details sind, die immer den wahren Sachverhalt …

LUCILLE: (*Erstaunt*) André! André – dann, weißt du …

du weißt also, wer …?

ANDRÉ: Aber natürlich!

Aufblenden der Musik.

Musik ausblenden.

SPRECHER: Was glaubt André d'Arnell? Wer hat das Feuer gelegt? Später in der Sendung kehren wir zu André d'Arnell zurück, um die Lösung des heutigen Krimirätsels zu erfahren.

RÄTSEL 3 – DIE LÖSUNG

SPRECHER: Wir kehren nun zurück zu André d'Arnell für die Lösung des heutigen Krimirätsels.

LUCILLE: (*Erstaunt*) André! André – dann, weißt du … du weißt also, wer …?

ANDRÉ: Aber natürlich!

KERR: Aber – aber, um Himmels willen, woher wissen Sie das?

ANDRÉ: Mein Freund, denken Sie doch bitte mal genau an die Aussage unseres alten Freundes Teddy Ryan. Er behauptet, in die U-Bahn in der Station Piccadilly Circus eingestiegen zu sein. Er sagt, er sei eingeschlafen und sei – gerade noch rechtzeitig – an seinem Ziel Marbel Arch aufgewacht. Aber, mein lieber Inspektor, wenn man mit der U-Bahn von Piccadilly Circus nach Marble Arch fährt, muss man umsteigen. Wie hätte Mr. Ryan das tun können, wenn er tief und fest geschlafen hat?

KERR: (*Über sich selbst verärgert*) Mensch, ich

	könnte mir …
ANDRÉ:	Nein! Nein! Nein, mein Freund. Machen Sie sich einfach klar, dass Sie in Zukunft den kleinen und scheinbar unbedeutenden Details dieselbe sorgfältige Überlegung und akribische Aufmerksamkeit widmen sollten, die Sie stets …
LUCILLE:	André!
ANDRÉ:	Ich weiß, mein Liebling! Ich weiß. Ich rede zu viel! Das tue ich immer!

Aufblenden der Schlussmusik.

ENDE

Folge 4
Drohbriefe

Ausstrahlung: Montag, 30.10.1944 (BBC Home Service)
Buch: FRANCIS DURBRIDGE | Regie: HARRY S. PEPPER

Rollen und DarstellerInnen:

André d'Arnell . . . . KENNETH KENT
Lucille . . . . LINDEN TRAVERS
Ein Kellner . . . . DERMUT CATHIE
Lady Waverley . . . . . JOSEPHINE SHAND

RÄTSEL 4 – DER FALL

Als die Titelmusik verklingt, wird auf die Stimme von ANDRÉ D'ARNELL übergeblendet.

ANDRÉ: Guten Abend, meine lieben Freundinnen und Freunde. Heute Abend hat Lucille mich gebeten, die seltsame Geschichte von Lady Waverley zu erzählen. Hören Sie also gut zu und versuchen Sie, ob Sie genauso wie André d'Arnell den Fehler entdecken können, den ... (*bedeutungsvoll*) ... den eine bestimmte Person gemacht hat. (*Nach einer Pause*) Eines Abends, vor vielen Monaten, aßen Lucille und ich im Ritz. Nachdem wir mit dem Abendessen fertig waren, begaben wir uns auf die Tanzfläche ... (*mit Überheblichkeit, zu sich selbst*) Wissen Sie, ich bin so ein toller Tänzer und habe so ein perfektes Rhythmusgefühl! ... Wir waren also gerade auf der Tanzfläche, als ich plötzlich zufällig (*Ausblenden beginnen*) den Blick eines der Kellner erhaschte. Zuerst habe ich gar nicht verstanden, dass er mit mir sprechen wollte, aber allmählich …

Komplettes Ausblenden.

Aufblenden der Geräusche von tanzenden Personen. Diese Geräusche sind während des ganzen folgenden Dialogs zu hören.

LUCILLE: André!

ANDRÉ: (*Tanzt mit* LUCILLE, *zufrieden mit sich selbst*) Ja, mein Liebling?

LUCILLE: Tanz nicht so wild!

ANDRÉ: (*Entsetzt*) Wild!? Wild, sagst du!?! Meine Süße, ich tanze wie ein Engel! Meine Pirouetten sind doch absolut vorzüglich!

LUCILLE: Du tanzt wie ein Babyelefant mit einem heftigen Schluckauf – und bitte, André, hör auf damit …

ANDRÉ: (Unterbricht LUCILLE nach dem Wort »Schluckauf«) Ich weiß, du bist ja nur neidisch, mein Liebling, du bist nur neidisch! Du wirst noch den Tag erleben, an dem … (*Sein Tonfall ändert sich*) Was zum Teufel macht dieser Kerl da drüben? Warum nickt er mit dem Kopf … dieser Kellner da …

Während ANDRÉ *spricht, stoppt das Tanzorchester. Es gibt vereinzelte Applausgeräusche.*

LUCILLE: Er kommt hierher.

KELLNER: Entschuldigen Sie, Monsieur. Monsieur d'Arnell?

ANDRÉ: Ja.

KELLNER: Lady Waverley lässt Ihnen ihre Grüße bestellen, Monsieur, und würde es für eine Ehre halten, wenn Madame und Sie sich für einen Moment zu ihr gesellen könnten.

LUCILLE: (*Verdutzt*) Lady Waverley?

KELLNER: (*Leise*) Die alte Dame mit den weißen Haaren, Madam – in der Ecke da – neben der Nische.

LUCILLE: Oh … Ach ja …

ANDRÉ: (*Leise*) Komm, Lucille. (*Zum KELLNER*) Danke sehr. (*Zu LUCILLE*) Komm, mein Liebling, wir sehen mal, was (*Ausblenden beginnen*) diese distinguierte alte Dame zu sagen hat …

Szene ausblenden.

Überblenden zu LADY WAVERLEY.

LADY W.:   (*Sehr alt, aber eine sanfte und freundliche Stimme*) Trinken Sie doch noch ein Glas Wein, meine Liebe. Bitte! Bitte! Ich bestehe darauf!

LUCILLE: (*Mit einem kleinen Lachen*) Nein, danke, im Augenblick nicht – wenn es Ihnen nichts ausmacht.

ANDRÉ: (*Unterbricht LUCILLE*) Lady Waverley, entschuldigen Sie, wenn ich etwas ungeduldig klinge, aber Sie haben mir noch nicht gesagt, warum – (*Er spricht langsam, offensichtlich studiert er LADY WAVERLEY sehr genau*) … warum Sie mit André d'Arnell sprechen wollten?

LADY W.:   (*Freundlich*) Wissen Sie, Monsieur d'Arnell

44

	– Sie haben einen gewissen Ruf! Den Ruf, dass Sie wahrscheinlich der berühmteste Detektiv Europas sind!
ANDRÉ:	(*Entsetzt*) *Wahrscheinlich*, Madame?! Ts, ts, ts, ts!
LUCILLE:	(*Amüsiert*) Mit Sicherheit der eingebildetste!
LADY W.:	(*Lacht leicht*) Monsieur hat das Recht, eingebildet zu sein.
ANDRÉ:	Das denke ich auch, meine liebe Dame, aber … aber Sie haben immer noch nicht meine Frage beantwortet?
LADY W.:	(*Nach einer Pause, angespannt*) Ich bin in Schwierigkeiten … in großen Schwierigkeiten … Es gibt Momente, in denen ich so verzweifelt bin, dass ich fast … (*Fasst sich*) Aber, ich – ich denke, ich sollte meine Geschichte besser von Anfang an erzählen.
ANDRÉ:	Das ist immer das Beste, Madame …
LADY W.:	Vor zwölf Jahren, im Herbst 1932, beging mein ältester Sohn – Ronnie – Selbstmord. Nach seinem Tod entdeckten wir, dass er über einen Zeitraum von vielen Monaten eine Reihe anonymer, erpresserischer Briefe erhalten hatte. Ich denke, man könnte sie als Drohbriefe bezeichnen. Damals beriet ich mich mit meinem Bruder – ich bin ja Witwe – und wir beschlossen, wahrscheinlich völlig törichterweise, nicht … (*Sie zögert*)
ANDRÉ:	… nicht zu Scotland Yard zu gehen.
LADY W.:	(*Leise*) Ja.
ANDRÉ:	Fahren Sie fort, Madame …
LADY W.:	(*Langsam*) Vor zwei Tagen, Monsieur

d'Arnell, habe auch ich einen Brief erhalten. Jemand hat ihn auf mysteriöse Art und Weise auf meinem Schminktisch platziert. (*Mit Anstrengung*) Es war genau der gleiche Brief, den – den Ronnie erhalten hatte … und der Verfasser verlangte … neunhundert Pfund.

LUCILLE: (*Verwirrt*) Aber was passiert, wenn Sie sich weigern, diese neunhundert Pfund zu zahlen? Womit genau droht diese – diese Person? Ich meine, sicherlich …

LADY W.: Wir sind eine alte und angesehene Familie, meine Liebe. Und wie in vielen alten und angesehenen Familien gab es in der Vergangenheit Vorfälle, von denen wir lieber nicht hätten, dass die Öffentlichkeit davon erfährt.

ANDRÉ: Madame, sagen Sie, glauben Sie, dass dieser Brief – der, den Sie vor zwei Tagen erhalten haben – von der gleichen Person geschrieben wurde, die auch die anonymen Briefe an Ihren Sohn schrieb?

LADY W.: Dessen bin ich mir sicher, Monsieur d'Arnell. Sehen Sie, ich habe die Handschrift untersuchen lassen – von einem Experten.

ANDRÉ: Oh! Und was hat dieser Experte Ihnen gesagt?

LADY W.: Er sagte mir, dass seiner Meinung nach die Briefe identisch sind – dass, obwohl die Handschrift verstellt wurde, die Briefe eindeutig vom gleichen Verfasser stammen.

ANDRÉ: Lady Waverley, sagen Sie mir: Aus wie vielen Personen besteht Ihr Haushalt? Wer lebt momentan bei Ihnen?

LADY W.: Nun – da ist meine Schwägerin Charlotte – Mrs. Marsham. Dann die Haushälterin Beatrice und mein Dienstmädchen. Sie ist aus Kanada und heißt Carson – Janet Carson.

LUCILLE: Wie lange ist Miss Carson schon bei Ihnen?

LADY W.: Etwa fünf Jahre. Aber weder Janet noch meine Schwägerin können die Briefe an meinen Sohn geschrieben haben.

ANDRÉ: Ach? Und warum nicht?

LADY W.: Nun, sehen Sie, beide waren 1932 nicht im Land, und die Briefe an Ronnie wurden offensichtlich von Hand zugestellt. Janet kam erst im Jahr 1936 hierher.

LUCILLE: Hatte sie gute Referenzen?

LADY W.: Oh, ausgezeichnete, meine Liebe. Sie arbeitete während ihrer Überfahrt aus Amerika als Stewardess auf der *Queen Mary* – und dann glaube ich, blieb sie eine Zeit lang bei einer schottischen Familie in Glasgow. Sie kam im August 1940 zu mir.

ANDRÉ: Und Ihre Schwägerin? Wo war Mrs. Marsham während des Jahres 1932?

LADY W.: In der Schweiz. Genauer gesagt lebte sie dort, bis ihr Ehemann starb – kurz vor Ausbruch dieses Krieges. Sie hatten dort ein ziemlich schönes Haus, glaube ich, obwohl ich es nie gesehen habe. Es war in den Bergen, sagte Charlotte, in der Nähe von … Wie hieß der Ort denn gleich? Ach, mein Gedächtnis! Ah! Jetzt erinnere ich mich – in der Nähe von Mürren.

ANDRÉ: Ah ja! (*Tief in Gedanken versunken*) Ja, ich

	kenne … ich kenne die Gegend ganz gut …
LUCILLE:	(*Nach einer Weile, leise*) André!
ANDRÉ:	(*Plötzlich, nimmt sich zusammen*) Ja, mein Liebling?
LUCILLE:	(*Amüsiert*) Du siehst ziemlich verdutzt aus!
ANDRÉ:	(*Strahlend*) Ich bin nicht verdutzt, meine Süße! Ich fühle mich ganz beschwingt!
LADY W.:	(*Offensichtlich sehr besorgt*) Monsieur d'Arnell, ich – ich – möchte Ihnen keine Umstände oder Unannehmlichkeiten bereiten, aber – aber wenn Sie vielleicht herausfinden könnten, wer diese Briefe geschrieben hat, dann – dann – wäre ich Ihnen ewig dankbar.
ANDRÉ:	Aber meine liebe Lady Waverley, ich weiß, wer diese Briefe geschrieben hat! (*Amüsiert*) Oh, das ist so einfach!
LUCILLE:	André, du … du … weißt es?
LADY W.:	(*Erstaunt*) Sie … Sie … wissen es?
ANDRÉ:	Aber natürlich!

Musik aufblenden.
Ausblenden.

SPRECHER:	Wen verdächtigt André d'Arnell? Wissen Sie es? Später im Programm kehren wir zu André d'Arnell zurück, um die Lösung des heutigen Krimirätsels zu erfahren.

RÄTSEL 4 – DIE LÖSUNG

SPRECHER:	Wir kehren nun zu André d'Arnell zurück, um die Lösung des heutigen Krimirätsels zu

erfahren.

LUCILLE: André, du ... du ... weißt es?

LADY W.: (*Erstaunt*) Sie ... Sie ... wissen es?

ANDRÉ: Aber natürlich!

LADY W.: (*Verdutzt*) Aber ich verstehe nicht, wie Sie das wissen können ...

ANDRÉ: (*Mit Stolz*) Meine liebe Lady Waverley, in einem Fall wie diesem reicht es aus, wenn jemand von meiner Intelligenz die anscheinend unbedeutenden und trivialen Details der Umstände, die zu ...

LUCILLE: André!

ANDRÉ: (*Erkennt den Ton in* LUCILLES *Stimme*) Ja, mein Liebling?

LUCILLE: (*Mit einem Lächeln*) Wenn du uns mit einer Erklärung beehrst, würdest du dich dann bitte ... (*süß*) ... in einfachem Englisch ausdrücken?

ANDRÉ: Meine Süße, es geht nicht um einfaches Englisch – es geht um gesunden Menschenverstand. Das Hausmädchen – wie hieß es nochmal? – Janet Carson? – Sie erzählt eindeutig Lügen von Anfang bis Ende. Ich frage dich, meine Süße – wie konnte sie 1936 auf der *Queen Mary* herübergekommen sein? Die Jungfernfahrt war doch erst 1937, im Mai 1937!

LADY W.: (*Bestürzt*) Aber ... aber ... (*Sehr dankbar*) Monsieur d'Arnell, ich – ich – ich glaube, Sie sind ein Genie!

ANDRÉ: (*Völlig beiläufig*) Danke, Madame. Das denke ich auch!

LUCILLE: (*Gut gelaunt, aber dieses Mal überfordert von Andrés Selbstverliebtheit*) Du eingebildeter, selbstzufriedener, bombastischer …

ANDRÉ: (*Gespielt schockiert*) Liebling! Liebling! Bitte!!!

Schlussmusik aufblenden.

ENDE

ANMERKUNG DES ÜBERSETZERS: Offensichtlich ist Francis Durbridge beim Abfassen dieses Manuskripts ein Fehler bei der Recherche unterlaufen, denn die *Queen Mary* ging bereits im Mai 1936 auf Jungfernfahrt, und nicht wie hier von André d'Arnell behauptet, im Mai 1937. Daher stimmt die Argumentation des Detektivs nicht.

Dieser Fehler scheint den Machern wohl erst nach der Liveausstrahlung des Hörspiels aufgefallen zu sein, so dass er im nächsten Fall, Episode 5, von André d'Arnell selbst korrigiert wird. Der Detektiv ist am Beginn dieser Folge ziemlich deprimiert darüber, dass er sich geirrt hat.

Für die Geschichte selbst wäre es an und für sich kein Problem, man müsste einfach das Jahr, in dem das Dienstmädchen auf dem Schiff nach England gekommen ist, auf 1935 korrigieren, und das richtige Jahr der Jungfernfahrt einfügen, dann stimmt André d'Arnells Argumentation wieder.

AUSSTRAHLUNG: MONTAG, 06.11.1944 (BBC HOME
SERVICE)
BUCH: FRANCIS DURBRIDGE | REGIE: HARRY S. PEPPER

Rollen und DarstellerInnen:

André d'Arnell . . . . . . KENNETH KENT
Lucille . . . . LINDEN TRAVERS
Thornton Reece . . . . . LEWIS STRINGER
Dr. George Canterbury . FESTER CARLIN
Inspektor Dawson . . . . ARTHUR RIDLEY
Major Thorne . . . . FRED YULE

RÄTSEL 5 – DER FALL

*Als die Titelmusik verklingt, wird auf die Stimme von
André d'Arnell übergeblendet.*

ANDRÉ: Guten Abend, meine Freundinnen und
Freunde. Hören Sie mir heute Abend sehr
aufmerksam zu und sehen Sie, ob Sie, wie
André d'Arnell, den Fehler entdecken können, den der Täter gemacht hat. (*Nach einer
Pause*) Kurz nachdem ich meinen kleinen
Fehler bezüglich der Queen Mary bemerkt
hatte – die Jungfernfahrt war 1936, wissen
Sie – besuchten Lucille und ich eine Kunst-
ausstellung in der New Bond Street. Ein Herr
namens Thornton Reece war der Veranstal-
ter. Ich hatte schon einiges über die Arbeiten

51

dieses neuen Künstlers gelesen, und als wir in der Galerie ankamen, stellte sich uns dieser junge Mann uns vor. Er war ein Künstlertyp. Uns fiel aber auch auch ein stiller, unauffälliger kleiner Mann namens Canterbury – äh – Dr. George Canterbury auf.

Komplettes Ausblenden.

LUCILLE: André, ist dieses Bild nicht ein wunderschönes Gemälde von der Queen Mary? Es wurde 1936 gemalt.

ANDRÉ: Mein Schatz, ich flehe dich an, spricht nicht mehr von diesem Schiff! Ich bin ohnehin schon verärgert und traurig genug.

LUCILLE: (*Lacht*) Auch du kannst nicht immer richtig liegen, André.

ANDRÉ: Geh weiter, mein Schatz. Lass uns nicht dieses Bild anschauen – weiter mit dir!

LUCILLE: Oh, das hier ist schön! André, das müssen wir einfach kaufen!

ANDRÉ: Es kostet hindert Guineas, meine Süße!

LUCILLE: (*Begeistert*) Ja, ich weiß, aber – aber es ist so originell!

ANDRÉ: Schön, dass du das so siehst, Lucille.

LUCILLE: Findest du es denn nicht auch originell?

ANDRÉ: Oh, es ist originell, mein Liebling! Sehr originell! Aber – äh – aber was stellt es eigentlich genau dar?

LUCILLE: Stell dich nicht so an, André. Du kannst doch genau sehen, was es ist – das ist doch völlig offensichtlich.

ANDRÉ: Also, was ist es?

LUCILLE: Na, es ist – äh – so eine Art – äh – irgendwie – äh – du weißt schon – eine Art … André, es ist doch offensichtlich.

ANDRÉ: Für hundert Guineas sollte es viel offensichtlicher sein, mein Schatz!

GEORGE: (*Freundlich, eher bescheiden*) Verzeihen Sie, Sir, ich – äh – ich konnte leider nicht anders und habe Ihr Gespräch mitangehört. Im Katalog steht, Nr. 16 heißt *Der Walzer des Schicksals*.

LUCILLE: (*Erstaunt*) *Der Walzer des Schicksals*!

ANDRÉ: (*Amüsiert*) Das scheint dich zu überraschen, mein Schatz.

LUCILLE: Ja, ich – ich muss gestehen, ich dachte nicht, dass es … der Walzer des Schicksals ist …

REECE: (*Mit leichtem walisischen Akzent*) Nummer 16 ist leider verkauft, aber darf ich Ihre Aufmerksamkeit auf Nummer 24 lenken, Sir?

ANDRÉ: Ah, ja! Ja, das ist sehr interessant …

GEORGE: *Grüne Hecken* … Mhm … Mhm … Das ist aber ein eher altmodischer Titel für ein solches Bild …

GEORGE CANTERBURY *wird in seinen Ausführungen unterbrochen, als eine Tür aufgeht und* MAJOR THORNE *den Raum betritt.*

THORNE: (*Sehr hitzköpfig, schlecht gelaunt*) Ist das hier die sogenannte Thornton-Reece-Ausstellung?

REECE: Ja, Sir.

THORNE: Und Sie sind nicht zufällig dieser Mr. Thornton Reece, oder? Nein, wohl nicht. Sie sehen viel zu seriös aus.

REECE: Doch, ja, mein Name ist Thornton Reece. Was kann ich für Sie tun?

THORNE: Ich bringe dieses Ding hier zurück, Sir! Mein Sohn hat es gestern Vormittag gekauft. Der Schwachkopf muss betrunken gewesen sein! Blau wie ein Veilchen!

REECE: Gefällt Ihnen das Bild denn nicht?

THORNE: Mir gefällt es ganz und gar nicht – und außerdem gefällt es mir nicht, dass mein Sohn dafür fünfzig Pfund bezahlt hat! Hier, nehmen Sie das verdammte Ding – und schicken Sie mir bis morgen früh einen Scheck! Major Thorne, Cranstairs Club, Pall Mall.

Jemand öffnet die Tür.

THORNE: (*Schroff*) Aus dem Weg, Sir!

DAWSON: (*Etwas streng, in amtlichem Tonfall*) Einen Moment, Sir, wenn ich bitten darf.

THORNE: (*Empört*) Lassen Sie meinen Arm los! Wer – wer in aller Welt glauben Sie, dass Sie sind, Sir?

DAWSON: Inspektor Dawson von der Kriminalpolizei. (*Nach hinten*) Schließen Sie die Tür, Sergeant.

Die Tür wird geschlossen.

DAWSON: Wenn Sie so freundlich wären, und einen Moment hierblieben, Sir … (*Plötzlich*) Oh, hallo, Mr. d'Arnell – ich hätte nicht erwartet, Sie hier zu treffen!

ANDRÉ: Sie scheinen ja ziemlich aufgebracht zu sein, Inspektor. Was ist denn los?

DAWSON: (*Schnell*) Ein wertvoller Diamantanhänger wurde gestohlen, Sir. Bei einem der Juweliere in der Brook Street.

ANDRÉ: Ach? (*Interessiert*) Wann war das?

DAWSON: Vor etwa fünfzehn Minuten, Sir. Der Mann ist entkommen – wir haben den Verdacht, dass er sich noch hier im Viertel aufhält.

LUCILLE: Haben Sie ihn gesehen, Inspektor?

DAWSON: Nein, leider nicht, Madam. (*Eher eilig*) Sie sind also Thornton Reece. Wie lange sind diese Leute schon hier, Mr. Reece? Ich meine nicht diese Dame und diesen Herrn – Mr. und Mrs. d'Arnell.

REECE: Nun, lassen Sie mich nachdenken … Etwa fünfzehn Minuten lang war niemand hier … dann kam dieser Herr da. Das war ungefähr – ungefähr vor zehn Minuten, würde ich sagen. Kurz darauf kamen Mr. und Mrs. – d'Arnell, haben Sie gesagt.

GEORGE: Ja, ja, das ist ganz korrekt. Mein Name ist Dr. Canterbury, Inspektor. Dr. George Canterbury.

DAWSON: Und dieser Herr?

LUCILLE: Dieser Herr ist gerade erst gekommen. Sein Name ist Major Thorne, Inspektor.

ANDRÉ: Gut. (*Freundlich*) Übrigens, ist das Ihr Taxi da draußen, Major?

THORNE: Ja – und Sie können gerne mit dem Fahrer sprechen, wenn Sie wollen. Ich habe ihn vor etwa zwanzig Minuten in Hammersmith angehalten und fuhr direkt hierher.

DAWSON: Weshalb sind Sie hierhergekommen? Nur um die Ausstellung zu sehen?

THORNE: Keineswegs, Sir! Ich bringe dieses Bild zurück – mein Sohn hat es gestern Vormittag gekauft – und fünfzig Pfund dafür bezahlt! Fünfzig Pfund, verstehen Sie?

DAWSON: (*Verdutzt*) Was – was stellt es genau dar?

THORNE: Bei Gott, Sir – das ist eine gute Frage! Haben Sie das gehört, Reece? Was stellt es dar? Und er ist ein Ermittler!

REECE: (*Verärgert*) Ich hätte doch gedacht, es wäre völlig offensichtlich, was es darstellt! Es ist eine Kopie des berühmten Gemäldes *Der Sündenbock* von Rossetti.

THORNE: *Der Sündenbock*! Ja – nun, Sie machen jedenfalls keinen Sündenbock aus mir, Sir! Und aus meinem Sohn auch nicht, so viel kann ich Ihnen sagen!

LUCILLE: Nun, ich finde, es ist eine sehr gute Kopie, Mr. Reece.

REECE: (*Verärgert über* THORNE) Danke, Madam.

THORNE: (*Ziemlich munter*) Tja – nun, da haben Sie's, Inspektor. Ich kam direkt hierher aus Hammersmith. Das Taxi hat nicht angehalten – nicht einmal. (*Mit frechem Ton*) Ich könnte also wohl kaum Ihren wertvollen Anhänger gestohlen haben, oder?

DAWSON: Nein, Sir.

ANDRÉ: (*Fast amüsiert*) Und was ist mit Ihnen, Doktor? Sind Sie direkt hierhergekommen aus – aus Hammersmith?

GEORGE: Nein, leider … Das bin ich nicht, Sir. Ich bin vor etwa zwanzig Minuten an der U-Bahn-Station in der Oxford Street ausgestiegen – und bin dann einfach die New Bond Street entlang spaziert. Leider kann das niemand bestätigen. Sie müssen es mir wohl glauben.

ANDRÉ: (*Ziemlich freundlich*) Niemand möchte Ihr Wort anzweifeln, Monsieur, aber das ist nicht gerade ein gutes Alibi, oder?

GEORGE: Nein. Nein, leider ist es das nicht.

DAWSON: (*Kurz davor, zu gehen*) Ja, nun – wenn Sie dem Sergeant bitte die vollständigen Details geben würden, Doktor, bezüglich Ihrer persönlichen …

ANDRÉ: Einen Moment, Inspektor. Bitte, wenn es Ihnen nichts ausmacht …

DAWSON: (*Überrascht*) Was ist, Sir?

ANDRÉ: Ich hoffe, Sie halten es nicht für Anmaßung, Monsieur, aber ich möchte, mit Ihrer Erlaubnis natürlich, nur einen kleinen – kleinen Hinweis geben. In einem solchen Fall, Monsieur le commissaire, ist es nicht nur notwendig, die Ohren – wie sagen Sie? – zu spitzen? Hören Sie immer auf die kleinen Dinge, Monsieur. (*Völlig begeistert*) Es sind die kleinen Dinge – der zufällige Kommentar, das Nicken, der Wink – die immer eine wichtige Bedeutung für das letztliche Ergebnis haben …

LUCILLE: (*Unterbricht ANDRÉ*) André!

ANDRÉ: (*Erkennt den Ton von LUCILLES Stimme*) Ja, mein Schatz?

LUCILLE: (*Schroff*) Du redest zu viel!

ANDRÉ: Selbstverständlich rede ich zu viel, mein Liebling. Du weißt warum. Ich bin aufgeregt … und wenn du mich fragst, warum ich aufgeregt bin, mein Liebling, dann werde ich es dir sagen. Ich bin aufgeregt, weil (*Mit plötzlicher Ernsthaftigkeit*) … weil ich weiß, wer den Diamantanhänger gestohlen hat.

DAWSON: Was!!!

LUCILLE: André!!

THORNE: Bei Gott, Sir, Sie wollen doch nicht einfach so ruhig dastehen (*Ausblenden beginnen*) und uns sagen, dass Sie tatsächlich wissen, wer den Diamantanhänger gestohlen hat!!!

Musik aufblenden.
Ausblenden.

SPRECHER: Wissen Sie, wer den Diamantanhänger gestohlen hat? Später im Programm werden wir zu André d'Arnell zurückkehren, um die Lösung des heutigen Krimirätsels zu erfahren.

RÄTSEL 5 – DIE LÖSUNG

Die Lösung dieses Falls ist leider nicht überliefert und die Manuskriptseiten dazu sind verschollen.

André d'Arnell scheint jedoch ein wichtiger Punkt aufgefallen zu sein: Das Gemälde Der Sündenbock *(im Original:* The Scapegoat) *stammt nicht von Dante Gabriel Rossetti – wie es Reece behauptet – sondern von William Holman Hunt. Wenn Reece also tatsächlich der Maler wäre, wüsste er das. Außerdem gibt er an, dass er vor allein in der Galerie war und dass Dr. George Canterbury erst vor zehn Minuten kam. Das heißt, er muss vorher da gewesen sein. Wahrscheinlich kam er selbst erst wenige Augenblicke vor George und gab sich zur Tarnung als Maler Reece aus.*

Folge 6
Das Diamantarmband

Ausstrahlung: Montag, 13.11.1944 (BBC Home Service)
Buch: FRANCIS DURBRIDGE | Regie: HARRY S. PEPPER

Rollen und DarstellerInnen:

André d'Arnell . . . KENNETH KENT
Lucille . . . . LINDEN TRAVERS
Wilson . . . . . . DERMOT CATHIE
Charlie Consoler . . . . . . FRED YULE

RÄTSEL 6 – DER FALL

Als die Titelmusik verklingt, wird auf die Stimme von ANDRÉ D'ARNELL übergeblendet.

ANDRÉ: Heute Abend, meine Freundinnen und Freunde, möchte ich Ihnen erzählen, was an einem bestimmten Samstagnachmittag im Oktober letzten Jahres in der Stadt Liverpool geschah. Hören Sie gut zu und versuchen Sie so wie André d'Arnell herauszufinden, welchen Fehler der Täter gemacht hat. (*Nach einem Moment*) Lucille und ich schlenderten an diesem Samstagnachmittag eine sehr nette kleine Straße entlang, die nicht weit von der Kunstgalerie entfernt lag. Plötzlich bemerkte Lucille im Schaufenster eines kleinen Juweliers ein besonders schönes Diamantarmband. (*Langsam ausblenden*) Ich selbst fand das Armband recht reizvoll, aber ich muss geste-

59

hen, dass als mein Herz anständig zu schlagen begann, als ich den Preis bemerkte …

Ausblenden.

Aufblenden auf LUCILLE.

LUCILLE: Sag, André, ist das nicht schön?

ANDRÉ: Ja, mein Schatz … Aber es kostet zweihundert Guineas! Also bitte!

LUCILLE: Na ja, André, du hast mir schon lange nichts
gekauft – nicht in letzter Zeit.

ANDRÉ: Und was ist mit dem Pelzmantel, mein
Schatz? Was ist mit dem Saphirring? Und
was mit dem neuen Hut?

LUCILLE: Welcher neue Hut denn?

ANDRÉ: Na, der, den du gerade trägst!

LUCILLE: Aber du hast doch gesagt, dass er dir nicht
gefällt!

ANDRÉ: Er gefällt mir auch nicht, meine Süße – aber
ich habe ihn bezahlt!

LUCILLE: (*Lacht*) Na, nun komm schon, André! Lass
uns einen Blick auf das Armband werfen! Sei
ein Schatz!

ANDRÉ: Okay! Okay! Aber es gefällt mir jetzt schon
nicht – schon aus Prinzip!

Die Ladentür geht auf.

ANDRÉ: Lass die Tür offen, mein Schatz. Wir bleiben
ohnehin nicht lange!

WILSON: (*Höflich, ziemlich präzise und überkorrekt*)
Guten Tag, Madam. Guten Tag, Sir. Was
darf ich Ihnen zeigen?

ANDRÉ: (*Nicht zu freundlich*) Meine Frau besteht
darauf, dieses Diamantarmband zu sehen –

das da im Schaufenster … jenes, für das Sie den lächerlichen Preis von zweihundert Guineas verlangen.

WILSON: (*Mit einem kleinen Lachen*) Es ist ein ganz außergewöhnliches Armband, Sir – das versichere ich Ihnen.

ANDRÉ: Es ist auch eine ganz außergewöhnliche Menge Geld, mein Freund. Aber wie auch immer – wären Sie jetzt so nett?

WILSON: Es ist mir ein Vergnügen, Sir. Entschuldigen Sie mich, Madam.

Wir hören, wie eine Vitrine geöffnet wird.

LUCILLE: (*Leise, zur Seite*) Nun zier dich nicht so, André! Denk daran, wir sind nicht in Paris!

ANDRÉ: Ich weiß, meine Süße – und denk du bitte daran, dass ich kein Goldesel bin!

WILSON: (*Beinahe ehrfürchtig*) Bitte sehr, Madam! Ist es nicht absolut exquisit? Bitte, probieren Sie es doch an ihrem Handgelenk! Madam, bitte!

LUCILLE: (*Nach einem Moment, begeistert*) Oh, André, ist es nicht schön?

ANDRÉ: (*Gleichgültig*) Hm … Hm … Naja … So la la, mein Schatz.

WILSON: (*Offenbar begeistert*) Entschuldigen Sie, Sir – aber – aber sind Sie nicht Monsieur d'Arnell? Monsieur André d'Arnell, der berühmte Detektiv?

ANDRÉ: In der Tat, das bin ich.

WILSON: Das habe ich mir gleich gedacht, Sir. Ich habe Ihr Foto schon so oft in den Zeitungen gesehen! Oh, das ist wirklich eine große Ehre, Sir.

ANDRÉ: (*Geschmeichelt*) Ts ts ts … Ganz meinerseits, mein Freund. Das freut mich sehr.

LUCILLE: (*Süß*) So ein schönes Armband, André.

ANDRÉ: Was? Ach! Oh! Das Armband! (*Völlig unüberlegt und spontan*) Dann nimm es doch, mein Schatz! Nimm es!

Im Hintergrund ist das Geräusch eines zum Stehen kommenden Autos zu hören.

WILSON: Vielen Dank, Sir. Wir nehmen gerne einen Scheck an, Monsieur d'Arnell, wenn Sie also bitte … (*Er hört ziemlich plötzlich auf zu sprechen*)

ANDRÉ: Was ist los? Worauf starren Sie so?

WILSON: (*Verwirrt*) Ich schaue auf das Auto, Sir – das, das gerade vor dem Schaufenster angehalten hat. Dieser Mann da …

LUCILLE: André, sieh doch! Er hat etwas in seiner Hand! Aber … das sieht für mich aus … wie eine …

ANDRÉ: (*Schnell, dramatisch*) Runter!!! Runter mit dir, Lucille!!! Hinter den Ladentisch!

Wir hören das Zerspringen von Glas, dann das Rattern eines Maschinengewehrs. Schließlich ertönt ein Wagen, der schnell beschleunigt und davonrast. Auf der Straße ertönt der Lärm einer sich sammelnden Menschenmenge.

ANDRÉ: Lucille! Lucille, bist du in Ordnung?

LUCILLE: Ja – ja, es geht mir gut, André, aber … aber … Was ist denn eigentlich passiert?

ANDRÉ: Ich fürchte, mein Schatz, wir wurden aus nächster Nähe Zeuge von etwas, das man im Allgemeinen als einen Schaufenstereinbruch bezeichnet. Sie haben das Fenster einge-

	schlagen und nach der Beute gegriffen.
LUCILLE:	Ein Schaufenstereinbruch, Liebling? Aber …
WILSON:	(*Völlig durcheinander*) Aber … Aber sie haben auch ein Maschinengewehr benutzt. Ich habe … die Kugeln gehört, ganz deutlich. Aber …
ANDRÉ:	(*Amüsiert*) Das waren nur Platzpatronen, mein Freund. Ein alter Trick, nur um uns vom Fenster wegzuschrecken!
LUCILLE:	Sieh nur, was sie getan haben!
ANDRÉ:	Meine Güte, sie scheinen sich selbst bedient zu haben, was?
WILSON:	Aber – wer war es? Haben … Haben Sie den Mann gesehen, Monsieur d'Arnell? Haben Sie einen Blick erhaschen können auf …
ANDRÉ:	Nein! Nein, ich habe ihn nicht gesehen. Jedenfalls nicht gut genug, um ihn zu erkennen. Aber es gibt nur einen Mann in Liverpool, der eine solche – eine solch ungeheuerliche Eskapade versuchen würde! Sein Name ist Consoler – Charlie Consoler. (*Nachdenklich: recht glücklich über die Wendung der Ereignisse*) Lucille, mein Schatz, ich denke, wir werden Monsieur Consoler einen unerwarteten Besuch abstatten. Was sagst du dazu? (*Start der Überblendung*) Aber rücke zuerst deinen Hut gerade, meine Süße – du siehst sonst wie ein Truthahn aus!

Ausblenden.

Aufblenden. Hintergrundgeräusche einer ziemlich überfüllten Bar.

LUCILLE:	Ist das Mr. Consoler? Der da in der Ecke, André?
ANDRÉ:	Ja, das ist Charlie. Ein ziemlich Respekt einflößend aussehender Kerl, nicht wahr, meine Süße? Sieht auch ziemlich wohlhabend aus. Komm mit, Darling – mal sehen, was er zu sagen hat.

Die Hintergrundgeräusche werden etwas leiser.

ANDRÉ:	Hallo, Charlie!
CHARLIE:	(*Ein rauer Cockney, erstaunt*) Was denn? Hallo, Chef! Hätte nicht erwartet, Sie in diesem Teil der Welt zu sehen. (*Heiter*) Setzen Sie sich doch, Chef! Setzen Sie sich! Was darf's denn sein?
ANDRÉ:	Nur ein paar Augenblicke Ihrer wertvollen Zeit, mein Freund, falls Sie nichts dagegen haben?
CHARLIE:	Aber sicher! Gern! Alles, was Sie wollen, Frenchy! (*Fröhlich*) Gehört der alte Drachen da zu Ihnen?
ANDRÉ:	Damit meint er dich, meine Süße.
LUCILLE:	Ach was!
ANDRÉ:	(*Langsam*) Charlie – haben Sie heute Abend schon die Zeitungen gesehen?
CHARLIE:	Na klar! Ich habe sie gerade gelesen. Verdammt, ganz schöne Sache dieser Schaufenstereinbruch in der Cracy Street, was? Um wie viel Uhr war das genau, Chef?
ANDRÉ:	Es geschah ungefähr um halb vier, mein Freund. (*Langsam*) Wo waren Sie da? Um halb vier?
CHARLIE:	Ich? Sie … Sie glauben doch nicht etwa, dass

ich irgendetwas mit dieser Sache zu tun habe, oder? (*Lacht*) Menschenskind, ich habe damit nichts zu tun, Frenchy! Ich war doch bei dem Ligaspiel Liverpool gegen Arsenal: Das hätte ich um nichts in der Welt verpassen wollen! (*Mit Begeisterung*) Sie hätten den Mittelstürmer sehen sollen, Frenchy! Vom ersten Augenblick an hat er den Rest des …

ANDRÉ: (*Unterbricht CHARLIE*) Wann hat es denn angefangen, Charlie? Dieses Fußballspiel, meine ich?

CHARLIE: Um drei Uhr – und ich war beim Anpfiff dabei. Fragen Sie doch Billy Norman …

ANDRÉ: Und wann haben Sie das Fußballspiel verlassen? Um wie viel Uhr?

CHARLIE: Kurz nach fünf. Danach sind wir ein bisschen rumgeschlendert. (*Plötzlich, ziemlich böse*) Hören Sie zu, Frenchy, wenn Sie mir nicht glauben, dass ich die Wahrheit sage, dann …

ANDRÉ: (*Langsam, mit Nachdruck*) Ich weiß, dass Sie mir nicht die Wahrheit sagen, mein Freund. Und weg mit der Hand von der Flasche da, oder ich sehe mich gezwungen …

Wir hören, wie ANDRÉ D'ARNELL CHARLIE einen Schlag versetzt. Dieser stößt einen Schrei aus und landet auf dem Tisch, der daraufhin zusammenbricht.

LUCILLE: (*Geschockt*) André! André, du hast ihn bewusstlos geschlagen!

ANDRÉ: Aber natürlich habe ich ihn bewusstlos geschlagen, meine Süße! Ich bin ein ganz großer Spezialist darin, wenn es darum geht, jemanden bewusstlos zu schlagen!

LUCILLE: Aber – aber woher wusstest du, dass er nicht
die Wahrheit gesagt hat?

ANDRÉ: Aber das war doch so offensichtlich, meine
Süße! Es war so offensichtlich!

Musik aufblenden.
AUSBLENDEN.

SPRECHER: Warum hat André d'Arnell Charlie Consoler
verdächtigt? Wissen Sie es? Wir kommen
später in dieser Sendung auf das heutige Rätsel zurück.

RÄTSEL 6 – DIE LÖSUNG

SPRECHER: Wir kehren nun zurück zu André d'Arnell,
um die Lösung des heutigen Rätsels zu erfahren.

ANDRÉ: Aber natürlich habe ich ihn bewusstlos geschlagen, meine Süße! Ich bin ein ganz großer Spezialist darin, wenn es darum geht, jemanden bewusstlos zu schlagen!

LUCILLE: Aber – aber woher wusstest du, dass er nicht
die Wahrheit gesagt hat?

ANDRÉ: Aber das war doch so offensichtlich, meine
Süße! Es war so offensichtlich!

LUCILLE: Ich verstehe das nicht – für mich war es nicht
offensichtlich, André! Mir ist nichts aufgefallen!

ANDRÉ: Dir fällt auch nie etwas auf, mein Schatz!
Außer natürlich, wenn es sich dabei um Di-
amantarmbänder handelt!

LUCILLE: (*Nicht überzeugt*) Aber hör doch, André, wenn er doch beim Fußballspiel war bis …

ANDRÉ: Lucille, mein Schatz, hast du nicht gehört, was er gesagt hat? Er sagte, er sei bei einem Ligaspiel gewesen – Liverpool gegen Arsenal. Aber aufgrund der kriegsbedingten Regionalisierung des Ligafußballs konnte Liverpool nicht gegen Arsenal spielen, mein Schatz, nicht in einem Ligaspiel! Liverpool ist in der Liga Nord und Arsenal ist in der Liga Süd!

LUCILLE: André, du bist ganz große Klasse!

ANDRÉ: Ich weiß, mein Schatz!

LUCILLE: Du bist wundervoll!

ANDRÉ: Ich weiß, mein Schatz!

LUCILLE: Du bist ein absolutes Genie!

ANDRÉ: Danke, mein Schatz.

LUCILLE: André … Kann ich das Armband haben?

ANDRÉ: Aber selbstverständlich, meine Süße!

Aufblenden von Musik.

ENDE

Der unfreundliche Brief

Ausstrahlung: Montag, 20.11.1944 (BBC Home Service)
Buch: FRANCIS DURBRIDGE | Regie: HARRY S. PEPPER

Rollen und DarstellerInnen:

André d'Arnell . . . KENNETH KENT
Lucille . . . . LINDEN TRAVERS
Graf Leo Faranzo . . ALEXANDER SARNER

RÄTSEL 7 – DER FALL

Als die Titelmusik verklingt, wird auf die Stimme von ANDRÉ D'ARNELL *übergeblendet.*

ANDRÉ: Guten Abend. Hier ist André d'Arnell. Und wieder einmal habe ich das Vergnügen, Ihnen ein weiteres Krimirätsel zu präsentieren – einen Fall aus meinen persönlichen Memoiren. Hören Sie gut zu – sehr, sehr gut, meine Freundinnen und Freunde – und versuchen Sie, den Fehler, den der Täter begangen hat, zu finden. (*Nach einem Moment*) Eines Morgens, vor zwei oder drei Wochen, erhielt ich einen Brief. Er war von einem alten Freund von mir – Graf Leo Faranzo. Ich traf Leo zum ersten Mal Anfang 1931 in Antwerpen. Ein paar Jahre später verließ er den Kontinent und ließ sich irgendwo in Cornwall nieder. Ich war ziemlich überrascht, als ich den Brief erhielt, denn (*Ausblenden be-*

ginnt) ich hatte seit geraumer Zeit nichts mehr von Leo gehört, und ich erinnere mich genau, dass ich zu Lucille sagte, dass …

Ausblenden.

Überblendung auf ANDRÉ.

ANDRÉ: Liebling! Erinnerst du dich eigentlich an Graf Faranzo?

LUCILLE: Ist das nicht dieser kleine Mann mit den ziemlich auffälligen Zähnen? Wir haben ihn doch auf der *Queen Mary* getroffen, oder?

ANDRÉ: Nein, auf der *Queen Mary* haben wir ihn nicht getroffen, meine Süße. Ich habe ihn vor vielen Jahren zuletzt gesehen – und er ist groß und vornehm und – ziemlich eingebildet.

LUCILLE: Eingebildet?

ANDRÉ: Ja, meine Süße! Eingebildet! Und sieh mich nicht so an!

LUCILLE: Also, was ist mit dem alten Knaben geschehen? Ist er tot?

ANDRÉ: Sag nicht solchen Unsinn, mein Schatz! Wie kann er tot sein? Er hat mir doch gerade erst einen Brief geschrieben. Einen höchst interessanten Brief. (*Plötzlich*) und sag bitte auch nicht: »Was ist mit dem alten Knaben geschehen?« Das wäre zutiefst würdelos. Denk daran, Graf Faranzo stammt aus einer sehr, sehr, sehr alten Familie – uralt.

LUCILLE: Also so alt, dass man sie als heruntergekommen bezeichnen könnte.

69

ANDRÉ: Lucille, es gibt keinen Grund, dass du … (*Er hält inne*)

LUCILLE: (*Leise, ernst*) Was ist los, André?

ANDRÉ: (*Langsam*) Ich lese nur den Brief, mein Schatz. Leo will, dass wir sofort nach Cornwall fahren. Anscheinend … Anscheinend ist er in irgendeiner … Gefahr.

LUCILLE: (*Während sie spricht, wird die Stimme ausgeblendet und auf die nächste Szene überblendet*) Aber, André, wir können doch unmöglich so kurzfristig nach Cornwall fahren! Meine Güte, das dauert doch …

Überblenden auf die nächste Szene.

Aufblenden von FARANZO.

FARANZO: (*Ein langsamer, vornehmer Österreicher*) Es ist mir eine große Freude, dich wiederzusehen, André. Du siehst sehr gut aus, mein Freund. Vielleicht ein wenig dicker, als früher, was?

ANDRÉ: Kräftiger! Es ist dieser Anzug! Ich habe es dir doch gesagt, Lucille! Braun lässt mich immer dick und – pompös aussehen!

LUCILLE: (*Lacht*) Sei nicht albern, André!

FARANZO: Du hast dich nicht verändert! Du bist immer noch so eingebildet wie früher! Schon früher, Mrs. d'Arnell, war er so eingebildet, dass es unmöglich war, …

ANDRÉ: (*Unterbricht* FARANZO, *ernst*) Du hast mich doch wohl nicht nach Cornwall geholt, um über meine Eingebildetheit zu sprechen – und wohl auch nicht über die Vergangenheit, mein Freund. Du machst dir doch über die Zukunft sorgen, oder? (*Langsam*) Was beunruhigt dich, Leo?

FARANZO: (*Nach einer kurzen Pause, besorgt*) Ich weiß es nicht, André. In diesen Tagen passieren mir so seltsame Dinge. So seltsam, dass ich … Nun, ich will dir alles von Anfang an erzählen. Als ich dieses Haus vor sieben Jahren kaufte, waren die Bewohner hier – in diesem Dorf – nicht gerade … äh … na ja, sie waren nicht gerade freundlich. Um ehrlich zu sein, haben sie mir meine Anwesenheit hier eher übelgenommen. Aber allmählich haben sie gemerkt, dass ich – obwohl ich Ausländer bin – nicht ganz unzivilisiert bin. In den letzten drei oder vier Jahren sind wir recht gut miteinander ausgekommen. Vor etwa einem Monat erhielt ich jedoch einen anonymen Brief. Es war ein unhöflicher, bedrohlicher Brief, den ich zunächst ignoriert habe. Dann geschah jedoch etwas. Es wurde ein Anschlag auf mich verübt – zu meinem Glück ohne Erfolg. Vor zwei Tagen jedoch … hat man den Versuch wiederholt.

LUCILLE: Aber – aber haben Sie denn keine Ahnung, wer dafür verantwortlich sein könnte? Sicherlich …

FARANZO: Ich – ich habe natürlich meinen Verdacht, aber …

ANDRÉ: Wen verdächtigst du denn, Leo?

FARANZO: Einen Mann mit dem Namen Dakar. Tom Dakar. Er ist ein Wilderer. Ein grober, unkultivierter Kerl. Er wohnt hier in diesem Dorf. Ich hatte in der ersten Woche, als ich hier war, viel Ärger mit Dakar.

ANDRÉ: Ach?

FARANZO: Ja. Er hat sich gegenüber einer meiner Pächterinnen ziemlich schlecht benommen. Ich habe ihn dazu veranlasst – nun ja – sein Verhalten ihr gegenüber zu ändern. Außerdem musste ich einen elektrischen Zaun errichten, um das Vieh davon abzuhalten, auf die Hauptstraße zu gelangen. Eines späten Nachmittags streifte Dakar umher – offensichtlich wilderte er gerade – und wäre fast hineingelaufen: Zum Glück sah er das Schild, das ich hatte aufstellen lassen, sonst hätte er einen ziemlich bösen Stromschlag abbekommen, das kannst du mir glauben. Aber er war so wütend! So wütend! (*Fast amüsiert*) Er hat völlig außer Acht gelassen, dass er unbefugt auf das Gelände eingedrungen war.

ANDRÉ: Hm. Leo, sag mir, hast du den Brief noch? Ich meine den, von dem du gerade gesprochen hast?

FARANZO: Ja. Ja, hier ist er.

ANDRÉ: (*Langsam*) Ach ja.

LUCILLE: Er ist nicht sehr gut geschrieben, nicht wahr, André?

ANDRÉ: (*Nachdenklich*) Hm. Ich würde sagen, die Person, die diesen Brief geschrieben hat, war offensichtlich ein grober, unkultivierter Mann.

FARANZO: Oh, aber Tom Dakar hat diesen Brief nicht

geschrieben – das ist das Außergewöhnliche daran!

ANDRÉ: Ach nein?

FARANZO: Nein, weißt Du – als ich den Brief erhielt, war ich so wütend, dass ich sofort ins Dorf ging und mit Dakar sprach. Ich sagte ihm, dass ich glaube, dass er den Brief geschrieben hat und dass ich vorhabe, mit der Polizei zu sprechen.

ANDRÉ: Und wie war seine Reaktion?

FARANZO: Er hat mich nur ausgelacht, André. Er sagte mir, ich solle nur zur Polizei gehen. Er sei nämlich Analphabet!

LUCILLE: Analphabet?

FARANZO: Das hat er gesagt – also kann er den Brief wohl kaum geschrieben haben, oder?

LUCILLE: (*Lacht*) Wohl kaum.

ANDRÉ: (*Langsam*) Trotzdem habe ich den leisen Verdacht, dass er dich angelogen hat, mein Freund – und dass er diesen Brief geschrieben hat.

FARANZO: Aber … Aber wie kommst du darauf?

ANDRÉ: (*Amüsiert*) Weißt du nicht, wie ich darauf komme, Leo? Weißt du es wirklich nicht?

LUCILLE: (*Leicht irritiert*) André, warum lächelst du?

ANDRÉ: Ich lächle, meine Süße, weil es wirklich (*fast ein vertrauliches Flüstern*) wirklich so ganz, ganz einfach ist …

FARANZO: Jetzt hör mal zu, André! Willst du mich auf den Arm nehmen, oder was?

ANDRÉ: Ich nehme dich nicht auf den Arm, mein Freund. Oh nein, oh nein!

Aufblenden der Musik.
Ausblenden.

SPRECHER: Warum verdächtigt André d'Arnell Tom Dakar? Wissen Sie es? Später in dieser Sendung werden sie von André d'Arnell persönlich die Lösung zum heutigen Krimirätsel hören!

RÄTSEL 7 – DIE LÖSUNG

SPRECHER: Wir geben jetzt zurück an André d'Arnell für die Lösung des heutigen Krimirätsels.

FARANZO: Jetzt hör mal zu, André! Willst du mich auf den Arm nehmen, oder was?

ANDRÉ: Ich nehme dich nicht auf den Arm, mein Freund. Oh nein, oh nein! Erinnerst du dich nicht daran, was passiert ist, als Tom Dakar fast in den Elektrozaun gelaufen ist?

FARANZO: (*Verwirrt*) Was meinst du?

LUCILLE: Ich habe auch keine Ahnung, André!

ANDRÉ: Du hast nie eine Ahnung, mein Schatz! Wie auch immer, erlaube mir, es dir zu erklären. Tom Dakar war doch zum Wildern unterwegs – er wäre fast – fast – in den Elektrozaun gelaufen.

FARANZO: Und?

ANDRÉ: Nun, warum ist er nicht in den Elektrozaun gelaufen? Warum – warum nur fast? Was genau hat unseren Freund zögern lassen?

FARANZO: (*Ungeduldig*) Ich habe es dir doch gesagt,

André! Er hat das Schild gelesen, das ich …
(*Er hält inne*)

ANDRÉ: (*Langsam*) Er hat das Schild gelesen, das die Leute davor warnte, sich dem Zaun zu nähern! Richtig?

FARANZO: (*Erstaunt*) Aber – aber, ja!

LUCILLE: (*Versteht plötzlich den Zusammenhang*) Aber … Wie konnte er das Schild lesen, wenn er Analphabet war!

ANDRÉ: (*Nimmt LUCILLE auf den Arm*) Aber, Lucille, meine Süße – du bist … du bist wunderbar. Du bist superb! Du bist, du bist *magnifique*!

LUCILLE: (*Eingebildet, imitiert ANDRÉ*) Danke, meine Süße!

ANDRÉ: (*Überrascht*) Oh! Oh là là!

Aufblenden der Musik.

ENDE

Folge 8
Der entflohene Sträfling

Ausstrahlung: Montag, 27.11.1944 (BBC Home Service)
Buch: FRANCIS DURBRIDGE | Regie: HARRY S. PEPPER

<u>Rollen und DarstellerInnen:</u>

André d'Arnell . . . KENNETH KENT
Lucille . . . . LINDEN TRAVERS
Sergeant . . . . FRED YULE
Wesley Sharpe . . . CYRIL GARDINER

RÄTSEL 8 – DER FALL

Als die Titelmusik verklingt, wird auf die Stimme von ANDRÉ D'ARNELL übergeblendet.

ANDRÉ: Guten Abend, meine Freundinnen und Freunde. Wie geht es Ihnen allen heute Abend? Tja, heute Abend möchte ich wieder, dass Sie meinem Krimirätsel aufmerksam zuhören und sehen, ob auch Sie, wie André d'Arnell, den Fehler entdecken können, den der Täter gemacht hat. (*Nach einem Moment*) Eines Abends – es war letzten Mittwoch vor einer Woche, um genau zu sein – hatten Lucille und ich ein sehr interessantes Erlebnis. Wir waren nach unserer Reise nach Cornwall auf dem Rückweg nach London und kamen durch die kleine Stadt Tavistock, als (*Ausblenden starten*) Lucille sich plötzlich zu mir umdrehte und sagte …

Ausblenden.

Überblenden zum Geräusch eines Autos, das mit hoher Geschwindigkeit fährt.

LUCILLE: André!

ANDRÉ: Ja, mein Schatz?

LUCILLE: Siehst du das Licht dort? ... Schau doch! ... Da auf der Straße, etwa fünfzig Meter vor uns!

ANDRÉ: (*Schaut*) Ja, und ich hoffe, es ist eine Tankstelle, Lucille. Ich muss nämlich etwas Wasser nachfüllen im ... (*Plötzlich*) Das ist ja die Polizei, mein Schatz. Sie müssen nach jemandem suchen.

Das Auto wird langsamer und kommt zum Stillstand.

SERGEANT: (*Leichter südwestenglischer Akzent, forsches Auftreten*) Guten Abend, Sir.

ANDRÉ: Guten Abend, Sergeant!

SERGEANT: Ich möchte nur einen Blick in den hinteren Teil Ihres Wagens werfen, Sir – wenn es Ihnen nichts ausmacht.

ANDRÉ: Nur zu, mein Freund!

Die Autotür wird geöffnet.

ANDRÉ: (*Nach einem Moment*) Was suchen Sie – die Kronjuwelen?

SERGEANT: Nein, Sir. Einen entflohenen Sträfling. Einen Mann namens George Hensford. Ein ziemlich gerissener Bursche, wenn Sie mich fragen.

LUCILLE: Wann ist er denn ausgebrochen, Sergeant – heute Nachmittag?

SERGEANT: Nein, Madam – heute Morgen schon, kurz

nach dem Frühstück. Seitdem hält er uns
ganz schön auf Trab. (*Entlastet die d'Arnells*)
Es ist gut, Sir, danke.

ANDRÉ: Danke Ihnen, mein Freund. (*Plötzlich*) Oh –
wo kann ich etwas Wasser für den Kühler
bekommen? Gibt es auf dieser Straße eine
Tankstelle?

SERGEANT: Die nächsten zwei Meilen nicht, Sir. Aber da
oben ist ein Haus auf dem Hügel, dort wohnt
Dr. Sharpe. Der Doktor gibt Ihnen sicherlich
gerne einen Krug Wasser, wenn er da ist, Sir.

ANDRÉ: Danke, Sergeant!

SERGEANT: Gute Nacht, Sir. Gute Nacht, Madam!

LUCILLE: Gute Nacht.

*Wir hören das Geräusch des anfahrenden Autos, das an
Geschwindigkeit gewinnt.*
Ausblenden.

*Aufblenden auf das Geräusch eines Wagens, der anhält.
Die Autotür wird geöffnet und dann wieder geschlossen.*

LUCILLE: Ach, das ist gut. (*Sie streckt sich*) Durch die
lange Fahrt war ich schon richtig verkrampft.

Wir hören das Geräusch von Schritten auf Schotter.

ANDRÉ: Das muss das Haus sein, Lucille, aber es
scheint nirgends ein Licht.

LUCILLE: Oh je. Auch das noch. Es fängt an zu regnen!

ANDRÉ: Komm, lass uns nachsehen, ob jemand da ist!

LUCILLE: (*Plötzlich, sehr erschrocken*) André!

ANDRÉ: (*Angespannt*) Was ist los?

LUCILLE: (*Langsam, angespannt*) André, ich dachte,
ich hätte dort jemanden gesehen … dort oben
am Fenster … jemanden, der uns anstarrt …

78

der uns anstarrt, als ob …

ANDRÉ: Jetzt fang nicht an, dir Dinge einzubilden, meine Süße! (*Plötzlich*) Ah, da ist die Glocke.

Wir hören, wie ANDRÉ D'ARNELL daran zieht und im Hintergrund der Klang einer altmodischen Glocke ertönt.

LUCILLE: Es scheint niemand da zu sein, André. Und doch bin ich mir sicher, dass …

ANDRÉ: (*Schnell*) Pst!

Wir hören wie die Tür entriegelt wird. Jemand öffnet die Tür.

SHARPE: (*Mit recht freundlicher Stimme, sehr selbstsicher*) Guten Abend …

ANDRÉ: Guten Abend. Es tut mir leid, Sie zu belästigen, aber könnte ich vielleicht ein wenig Wasser für mein Auto haben? Es ist für den Kühler …

SHARPE: Aber ja, natürlich. Kommen Sie doch herein. Kommen Sie herein, Sir. Ts, ts – was für eine schreckliche Nacht, nicht wahr?

Die Tür wird geschlossen.

SHARPE: Sie fahren doch nicht zufällig bis nach Okehampton weiter, Sir?

ANDRÉ: Doch ja, das tun wir tatsächlich!

LUCILLE: Wir wollten dort übernachten.

SHARPE: Oh, dann ist dies in der Tat eine Fügung des Schicksals! Sagen Sie, Sir – könnte ich Sie vielleicht um eine Mitfahrgelegenheit nach Okehampton bitten? Ich erhielt vor ein paar Minuten einen Anruf von einem meiner Patienten und … Ach, verzeihen Sie, mein Name ist Sharpe, Dr. Wesley Sharpe.

ANDRÉ: Ich freue mich, wenn ich Ihnen helfen kann, Doktor.

LUCILLE: (*Leise*) Doktor, ist außer Ihnen im Moment noch jemand im Haus?

SHARPE: (*Überrascht*) Nein, natürlich nicht. Ich habe zwar eine Haushälterin, aber sie ist zufällig für (*zögert*) ein paar Tage verreist. (*Verwundert*) Weshalb fragen Sie?

LUCILLE: Nun …

ANDRÉ: Meine Frau dachte, sie hätte jemanden gesehen, als wir die Auffahrt hochkamen. Jemanden, der uns aus einem der Schlafzimmerfenster anstarrte.

SHARPE: Das ist völlig unmöglich, das kann ich Ihnen versichern, Sir. Da ist niemand im oberen Stockwerk. Ich war den ganzen Abend hier unten und habe Somerset Maughams Buch *Auf Messers Schneide* gelesen. Tatsächlich war das Einzige, was mich von dieser interessanten Figur Harry ablenkte, die Radiosendung *It's That Man Again,* die ich gerade hörte, als …

ANDRÉ: Entschuldigen Sie, Doktor, aber wenn Sie jetzt das Wasser holen würden, dann könnten wir Sie gleich nach Okehampton bringen.

SHARPE: Das ist sehr nett, Sir. Mein eigenes Auto ist im Moment in der Werkstatt. Sie helfen mir wirklich sehr! Setzen Sie sich doch, meine Liebe. Bitte setzen sie sich.

Eine Tür wird geöffnet.

SHARPE: Ich bin gleich wieder da, Sir.

Die Tür wird geschlossen.

LUCILLE:	Er scheint recht nett zu sein … André, was machst du da? (*Überrascht*) Willst du telefonieren?
ANDRÉ:	(*Leicht zufrieden mit sich selbst*) Nein, nein, ich schaue mir nur den Apparat an, meine Süße!
LUCILLE:	Du schaust dir nur den Apparat an! (*Schnell, weil sie spürt, dass nicht alles in Ordnung ist*) André! André, was ist denn los?
ANDRÉ:	Pst!

Die Tür geht auf.

SHARPE:	So, hier ist das Wasser, Sir. Wenn Sie sich jetzt um das Auto kümmern, dann mache ich mich …
ANDRÉ:	(*Unterbricht SHARPE, sehr freundlich*) Doktor, wie lautet Ihre Telefonnummer hier?
SHARPE:	Meine – meine Telefonnummer?
ANDRÉ:	Ja.
SHARPE:	Nun, sie steht – (*mit einem kleinen Lachen*) – sie steht doch auf dem Telefon.
ANDRÉ:	Ja, ich weiß, dass sie auf dem Telefon steht, mein Freund – aber wie lautet die Nummer?
SHARPE:	Sie läutet … ähm … ähm … Tavistock … ähm … (*Plötzlich*) Hören Sie, was soll das eigentlich, Sir?
ANDRÉ:	Ich stelle nur fest, mein Freund, dass sie nicht einmal ihre Telefonnummer kennen.
SHARPE:	Aber er muss doch seine eigene Telefonnummer kennen, André!
ANDRÉ:	Nicht wahr? Das denkst du doch auch, meine Süße?
SHARPE:	Worauf wollen Sie eigentlich hinaus?

ANDRÉ: Ich will auf die Tatsache hinaus, Monsieur, dass Sie nicht Dr. Sharpe sind!!!

SHARPE: (*Wütend, nicht mehr in solchem gepflegten Ton*) Wer sind Sie? Was wollen Sie von mir?

ANDRÉ: Mein Name ist d'Arnell! André d'Arnell!! Und Sie, wenn ich mich nicht sehr irre, Monsieur, sind der entflohene Sträfling – George Mansford!

LUCILLE: Aber, André …

ANDRÉ: Keinen Mucks, mein Freund, oder ich könnte Ihnen wehtun!

SHARPE: Woher wussten Sie's?

Musik aufblenden.
Abblenden.

SPRECHER: Was hat André d'Arnell dazu gebracht, den Arzt zu verdächtigen? Wissen Sie es? Später in der Sendung wird Ihnen André d'Arnell die Lösung des Falls erklären.

RÄTSEL 8 – DIE LÖSUNG

Die Lösung dieses Falls ist leider nicht überliefert und die Manuskriptseiten dazu sind verschollen. Fest steht, dass sich der vermeintliche Arzt verdächtig macht, indem er seine eigene Telefonnummer nicht weiß. André d'Arnell hat aber schon zuvor Zweifel an seiner Identität, sonst hätte er die Telefonnummer am Apparat gar nicht kontrolliert.

Der vermeintliche Arzt gibt an, Sumerset Maughams Roman gelesen zu haben. The Razor's Edge, *so hieß* Auf Messers Schneide *im Original, erschien 1944, war also zur Zeit der Ausstrahlung der Sendung brandneu und hochaktuell. Allerdings hieß der Protagonist nicht Harry (wie es der vermeintliche Arzt sagt) sondern Larry. Deshalb könnte d'Arnell misstrauisch geworden sein.*

Schließlich wird eine Radiosendung namens It's That Man Again *erwähnt, die zwischen 1939 bis 1949 von der BBC ausgestrahlt wurde und die extrem populär war. Es war eine satirische Comedyshow mit Tommy Handley als Protagonist. Sie war besonders während des Zweiten Weltkriegs enorm erfolgreich, weil sie mit ihrem rasanten Humor und den vielfach verwendeten Wortspielen zur Unterhaltung und moralischen Unterstützung der britischen Bevölkerung beitrug. Dass der vermeintliche Arzt diese Sendung hörte, ist nichts Ungewöhnliches – es sei denn, dass sie in der Nähe von Tavistock, das als Tor zum Dartmoor gilt, nicht empfangen werden konnte – im Gefängnis jedoch schon. Damit hätte sich der vermeintliche Arzt verraten können.*

Folge 9
Die Tote im Aufzug

Ausstrahlung: Montag, 18.12.1944 (BBC Home Service)
Buch: FRANCIS DURBRIDGE | Regie: HARRY S. PEPPER

Rollen und DarstellerInnen:

André d'Arnell . . . KENNETH KENT
Lucille . . . . LINDEN TRAVERS

RÄTSEL 9 – DER FALL

*Als die Titelmusik verklingt, wird auf die Stimme von
ANDRÉ D'ARNELL übergeblendet.*

ANDRÉ: Guten Abend, meine lieben Freundinnen und
Freunde. Ich frage mich, ob Sie bemerkt haben, dass manchmal die aufregendsten Dinge
so … na, so plötzlich passieren? Wie man in
diesem Land sagt: aus heiterem Himmel. Eines Abends vor ein paar Wochen hatten Lucille und ich ein – gelinde gesagt – sehr ungewöhnliches Erlebnis. Wir waren über das
Wochenende verreist und es war etwa halb
zwölf Uhr nachts, als wir nach Hause kamen.
Ich hatte eine schlimme Erkältung und war
(*Ausblenden beginnen*), um ehrlich zu sein,
ziemlich missmutig. Ich weiß noch, dass ich
zu Lucille sagte, dass …

Ausblenden.

ANDRÉ aufblenden.

ANDRÉ: (*Leicht gereizt*) Hast du den Fahrstuhl gerufen, meine Süße?

LUCILLE: Doch, aber er scheint sich nicht zu bewegen. Ich versuch's nochmal.

ANDRÉ: Ts, ts! Also das kann ja noch heiter werden! Soll ich sechs Stockwerke mit diesem schweren Koffer hochsteigen? (*Genervt*) Liebling, warum musst du auch immer deine komplette Garderobe mitnehmen, wenn wir übers Wochenende wegfahren?

LUCILLE: Erzähl doch nicht solchen Unsinn, André! Ich habe doch nur vier Kleider eingepackt!

ANDRÉ: Vier Kleider für zwei Tage! Ihr Frauen! Ihr ändert euren Kleidungsstil fast so oft, wie ihr eure Meinung ändert. (*Gereizt*) Was ist denn bloß mit diesem Aufzug los?!

LUCILLE: Liebling, sei doch nicht so gereizt! Du siehst doch, was los ist. Jemand hat vergessen, die Gittertür zu schließen, das ist alles. Der Aufzug ist in der ersten Etage, schau doch!

ANDRÉ: (*Sieht hoch*) Ach ja … Ja, stimmt! Wie rücksichtslos! Komm mit, Lucille, wir gehen besser hoch.

LUCILLE: Nein, du wartest hier mit dem Koffer. Ich husche nach oben und komme mit dem Aufzug runter.

LUCILLE steigt die Treppe hoch.

ANDRÉ: Na gut, na gut, Lucille! (*Er fängt an, vor sich hinzusingen. Er bricht ab und niest*) Mensch, diese furchtbare Erkältung!

Wir hören einen erschrockenen Schrei von LUCILLE.

LUCILLE: (*Aus dem ersten Stock: verzweifelt*) André!

André!

ANDRÉ: (*Angespannt*) Was ist los, Lucille? Was ist denn?

LUCLLE: Schnell! Komm schnell!

ANDRÉ: Ich komme, Lucille! Bin schon unterwegs!

ANDRÉ steigt die Treppe hinauf.

ANDRÉ: (*Außer Atem*) Lucille, was um alles in der Welt soll denn diese ganze Aufregung … (*Er hält inne*)

LUCILLE: (*Starrt, angespannt*) Sieh dir das Mädchen da an, André … Da … im Aufzug! Sieh doch … Sieh dir das Blut an, überall … überall … (*Stößt einen kleinen Schreckensschrei aus*)

ANDRÉ: (*Leise, immer noch angespannt*) Nimm dich zusammen, Lucille! Und bleib da, wo du bist, Liebling.

LUCILLE: (*Nach einem Moment, leise*) Ist – ist sie tot?

ANDRÉ: Ja – sie ist seit etwa einer halben Stunde tot, würde ich sagen. Sie wurde erstochen. Sieh doch … hier ist das Messer!

LUCILLE: (*Entsetzt*) Oh – oh, André, ich … ich werde ohnmächtig!

ANDRÉ: (*Sehr geschäftsmäßig*) Nicht jetzt, mein Schatz – wir haben keine Zeit für Ohnmachtsanfälle! Warte du hier! Ich gehe nach unten zum Telefon in der Halle. (*Überblendung startet*) Und sobald ich mich mit der …

Ausblenden.

LUCILLE aufblenden.

LUCILLE: Nun, wie geht's dir, André?

ANDRÉ: (*Voller Selbstmitleid*) Oh, ich fühle mich …

Ich fühle mich … (*Er niest*) Ich fühle mich schrecklich, mein Schatz! Und sieh mich nur an! Ich sehe aus wie ein alter Mann mit einem langen weißen Bart!

LUCILLE: Sei doch nicht so eingebildet, André!

ANDRÉ: Liebling, ich bin nicht eingebildet! Du weißt ganz genau, dass ich nicht eingebildet bin … Es war doch nur ein Scherz, um – wie sagt man? – dich auf den Arm zu nehmen!

LUCILLE: (*Mit einem Lachen*) Ja, André, ich weiß – aber im Moment siehst du nicht gerade sehr glücklich und zufrieden aus.

ANDRÉ: Ich bin auch nicht sehr glücklich und zufrieden, Liebling. Vergiss nicht, dass ich seit zwei Tagen im Bett liege – seit zwei Tagen schon, Lucille! – und dass es direkt vor meiner Nase einen Mord gibt, der nur darauf wartet, von mir untersucht zu werden! (*Mit emotionaler Betonung*) Direkt vor meiner Nase!

LUCILLE: André! Denk bitte an deine Temperatur!

ANDRÉ: Hm – und, was hast du in den letzten zwei oder drei Tagen so angemacht?

LUCILLE: (*Nervös*) Ich habe – jetzt lach aber bitte nicht, André! – Ich habe einige Nachforschungen angestellt.

ANDRÉ: Nachforschungen! (*Mit einem kleinen Lachen*) Was für Nachforschungen denn?

LUCILLE: Über … den Mord!

ANDRÉ: (*Erstaunt und amüsiert*) Ach? Und? Oh, das ist ja höchst interessant. Du hast also in dem Mordfall ermittelt, mein Schätzchen.

LUCILLE: (*Nimmt sich selbst sehr ernst*) Ja, ich – ich habe herausgefunden, dass das Mädchen – die junge Frau, die wir im Aufzug gefunden haben – bei Cranston, diesem Blumenladen in der New Bond Street, arbeitet, oder besser gesagt: gearbeitet hat. Ihr Name war Betty Maine. Sie war anscheinend …

ANDRÉ: (*Unterbricht LUCILLE*) Das ist ja sehr klug von dir, Lucille. Sehr klug! Aber ich nehme an, du weißt, dass all diese interessanten Details heute Morgen in den Zeitungen standen?

LUCILLE: Ja, André, das weiß ich alles. Aber hier ist etwas, das nicht in den Zeitungen stand: Obwohl Betty Maine verheiratet war, lebte sie von ihrem Mann getrennt und war mit einem Mann namens Brian Cardwell befreundet. Er hat eine Wohnung in diesem Haus hier. Nun hatte Cardwell die Nase voll von Miss Maine und Gerüchten zufolge hatte er …

ANDRÉ: (*Hört plötzlich genau hin*) Woher weißt du, dass sie mit diesem Cardwell befreundet war?

LUCILLE: (*Langsam*) André, du … du wirst mir doch nicht böse sein … oder, mein Süßer?

ANDRÉ: (*Sieht LUCILLE an*) Was meinst du?

LUCILLE: Erinnerst du dich? Nachdem wir die Leiche entdeckt hatten, bist du doch nach unten gegangen, um zu telefonieren …

ANDRÉ: Ja – und?

LUCILLE: Nun, ich … Ich habe mich zusammengerissen und ich … ich … (*gibt ein beruhigendes kleines Lachen von sich*) Ich … äh …

ANDRÉ: (*Langsam*) Du ... hast was, Lucille?

LUCILLE: Ich habe die Leiche durchsucht. Ich habe dieses Tagebuch hier gefunden, André. Deshalb weiß ich von ... Brian Cardwell.

ANDRÉ: (*Erstaunt*) Was denn? Nicht schlecht ... (*Plötzlich, fasziniert*) Erzähl weiter, Lucille. Erzähl weiter. Hast du mit diesem Cardwell gesprochen?

LUCILLE: Ja, ich habe ihn heute Morgen gesprochen – und mit dem – ähm – Ehemann auch.

ANDRÉ: Na! Du bist ja eine richtige Detektivin, Lucille! Und, was haben sie gesagt?

LUCILLE: Nun, sie scheinen beide nicht in der Stadt gewesen zu sein, als der Mord begangen wurde – das war, wie du weißt, so gegen elf Uhr am Montagabend. Cardwell war über das Wochenende in Cambridge. Er sagt, er fahre oft dorthin, um einen Freund an der Universität zu besuchen.

ANDRÉ: Wann ist er in Cambridge angekommen, weißt du das?

LUCILLE: Ja, gegen halb elf Uhr morgens – das war am Samstag davor. Er kam am Dienstagnachmittag nach London zurück.

ANDRÉ: Hat er auch bei seinem Freund geschlafen?

LUCILLE: Nein. Nein, ich glaube nicht. Der Freund ist am Brasenose-College, aber sie haben sich oft gesehen.

ANDRÉ: Und was ist mit dem Ehemann, Lucille? Was hältst du von ihm?

LUCILLE: Ich weiß nicht. Er ist Kameramann in den Elstree-Studios. Zumindest behauptet er das.

Anscheinend war er übers Wochenende in Birmingham. Er wollte sich einen Film ansehen – Noël Cowards *Wunderbare Zeiten*. Er sagt, er wollte den Film unbedingt sehen und hat ihn leider verpasst, als er hier in London lief.

ANDRÉ: Nun, ich hoffe, er hat ihm gefallen!

LUCILLE: Scheint so. Er fand die Farbtechnik erstklassig. (*Nach einem Moment*) Weißt du, André, ich bin mir ziemlich sicher, dass einer von ihnen – entweder Brian Cardwell oder der Ehemann …

ANDRÉ: Du bist dir ziemlich sicher, dass einer von ihnen nicht ganz die Wahrheit sagt, nicht wahr, Lucille? (*Lacht*) Aber natürlich sagt einer von ihnen nicht die Wahrheit, meine Süße! Oh, und es ist so einfach!

LUCILLE: (*Erstaunt*) Aber, André, ich verstehe nicht, wie du sagen kannst, dass es …

Musik aufblenden.
Ausblenden.

SPRECHER: Wen verdächtigt André d'Arnell? Wissen Sie es? Später in der Sendung werden wir Sie zu André d'Arnell zurückbringen, um die Lösung des heutigen Krimirätsels zu erfahren.

RÄTSEL 9 – DIE LÖSUNG

SPRECHER: Wir kehren jetzt zu André d'Arnell zurück, um die Lösung des heutigen Krimirätsel zu erfahren.

LUCILLE:	(*Erstaunt*) Also, André, ich verstehe nicht, wie um alles in der Welt du sagen kannst, dass es …
ANDRÉ:	Jetzt hör mal zu, mein Schatz. Dieser Monsieur Cardwell … Er hat dir doch gesagt, dass er in Cambridge war.
LUCILLE:	Richtig, André. Er fuhr am Samstag nach Cambridge und kam am Dienstagnachmittag zurück nach London.
ANDRÉ:	Jedenfalls gab er das als Alibi an: dass er einen Freund besucht hat, der am Brasenose-College in Cambridge studiert.
LUCILLE:	Richtig, André.
ANDRÉ:	Dann denk doch mal nach, meine Süße!
LUCILLE:	Was meinst du denn?
ANDRÉ:	Denk doch nach, mein Schatz!
LUCILLE:	(*Plötzlich*) André! André! Das Brasenose-College ist doch gar nicht in Cambridge! Es ist in Oxford!
ANDRÉ:	(*Lacht*) Genau das ist der Punkt, Lucille!
LUCILLE:	(*Kindlich erfreut*) Und mir ist das entgangen!
ANDRÉ:	Ja! Dir ist es entgangen … Meine hübsche Detektivin!
LUCILLE:	(*Zufrieden mit sich selbst*) Sag bloß, André! Was hast du denn, was ich nicht habe?
ANDRÉ:	Diese elende Erkältung, meine Süße! (*Er niest*)

Musik aufblenden.

ENDE

Francis Durbridge

Der Knappe

(*The Knave*)
Übersetzt von Georg Pagitz

DEREK: Nun gehöre ich nicht zu den Leuten, die alles
glauben, was sie in der Zeitung lesen. Aber
trotzdem glaubte ich viel von dem, was man
über diejenige Person berichtete, die man
den »Knappen« nannte. Er faszinierte mich.
Es erschien mir ziemlich seltsam, dass ein
Mann in der Lage sein sollte, sich so perfekt
in andere Menschen hineinzuversetzen, dass
er in ihre Häuser oder Büros eindringen und
tun konnte, was er wollte. Die Geschichte
über den Juwelenraub in Mayfair hat mich
nicht nur fasziniert, sondern begeistert. Und
sie muss auch Sie begeistert haben, wenn Sie
sich an den Fall erinnern. Der Bursche, ge-
nannt »Der Knappe«, verkleidete sich offenbar als Lord Tenford, kam in die Residenz
seiner Lordschaft, wurde natürlich eingelas-
sen und bediente sich seelenruhig an mehreren der stolzesten Besitztümer Lady Ten-
fords. Der Butler schwor, dass es sich um
Lord Tenford gehandelt hatte und mehrere
andere Bedienstete bestätigten seine Aussage. Aber Tatsache ist, dass es der Knappe
war. Der Knappe in einer weiteren seiner

92

meisterhaften Verkleidungen. Ich hatte den Eindruck, wie viele andere Menschen auch, dass es unmöglich war, sich für einen anderen Menschen so auszugeben, dass selbst seine besten Freunde die Täuschung nicht erkennen konnten. Und doch schien es so zu sein, dass der Knappe genau dies Tag für Tag tat. Ich wurde ein wenig skeptisch. Vielleicht war die ganze Sache von den Zeitungen auch stark übertrieben worden. Eines Tages traf ich zufällig einen Freund von mir. Einen Freund, den ich seit einigen Monaten nicht mehr gesehen hatte. Er sah besorgt und niedergeschlagen aus und – für einen Mann, der einst zu den Großen der Stadt gehörte – ziemlich heruntergekommen. »Hallo, Foster«, sagte ich fröhlich. »Du siehst ein bisschen bedrückt aus.« Er lächelte, aber es war eher ein müdes Lächeln. Dann sagte er plötzlich:

FOSTER: Ja! Ich hatte großes Pech.

DEREK: Tut mir leid, das zu hören. Hat es etwas mit einem Verlust auf dem Aktienmarkt zu tun?

FOSTER: Nein, nichts dergleichen.

DEREK: (*Heiter*) Erzähl mir nicht, dass du auf eine Pferdewette hereingefallen bist …

FOSTER: Nein. Derek, ich bin … Ich bin pleite. Pleite. Völlig pleite.

DEREK: (*Ernst*) Doch nicht wirklich?

FOSTER: Doch.

DEREK: So schlimm?

FOSTER: Leider ja.

DEREK: Aber … Was ist bloß passiert, Jim?

FOSTER: (*Leise*) Hast du schon mal von dem Knappen gehört?

DEREK: Du meinst doch nicht den Kerl, über den alle Zeitungen berichten?

FOSTER: Doch.

DEREK: Natürlich habe ich von ihm gehört. Nun, ich bin sein jüngstes Opfer.

FOSTER: Opfer? Willst damit sagen, dass …

DEREK: Ich will damit sagen, dass er mich ausgenommen hat, Derek. Jeden Penny. Jeden Penny, den ich je verdient hatte.

DEREK: Gütiger Himmel, alter Junge, das ist ja furchtbar. Wie ist das passiert?

FOSTER: (*Leise*) Ich weiß es nicht. Zumindest nicht genau.

DEREK: Aber du wirst doch …

FOSTER: Vor etwa drei Wochen habe ich mein Geschäft verkauft.

DEREK: Ach so, ja. Ich habe davon gehört.

FOSTER: Ich habe es an Johnson und Wainwright verkauft. Sie gaben mir einen Scheck über 28.000 Pfund. Das war an einem Montagmorgen. Gegen zwei Uhr nachmittags zahlte ich es in der Bank ein.

DEREK: Und?

FOSTER: Laut dem Bankdirektor kam ich eine halbe Stunde später wieder vorbei und hob den gesamten Betrag ab. Das wäre übrigens durchaus möglich gewesen, da ich ihn auf mein Kreditkonto eingezahlt hatte.

DEREK: Ja und?

94

FOSTER: Aber verstehst du denn nicht? Ich bin nie zur Bank zurückgekehrt. Es war jemand anderes. Jemand, der schlau genug war, sich so gut für mich auszugeben, dass selbst der Bankdirektor nicht den geringsten Unterschied bemerkte.

DEREK: (*Leise*) Der Knappe?

FOSTER: Offensichtlich.

DEREK: (*Nach einer kleinen Pause*) Wie nimmt Sheila das alles auf?

FOSTER: Sie ist komplett aus dem Häuschen, Derek. (*Plötzlich*) He, was machst du da?

DEREK: (*Nach einer winzigen Pause*) Nichts. (*Nach einer Sekunde*) Nimm diesen Scheck, Jim. Er ist über zweiundfünfzig Pfund. Im Moment kann ich mir nicht mehr leisten, aber wenn ich …

FOSTER: Mein lieber Freund, wenn du glaubst, ich würde das möglicherweise annehmen …

DEREK: Oh Gott, bitte fang jetzt nicht mit dieser Nummer an. Nimm den Scheck und stell dich nicht so an!

FOSTER: Nun – in Ordnung. Und vielen, vielen Dank, Derek.

DEREK: Vergiss es.

Aufblenden der Musik, danach schnelles Ausblenden der Musik.

DEREK: Ja – Foster tat mir wirklich leid. Er hatte sein ganzes Leben lang hart gearbeitet. Dann plötzlich um jeden Penny betrogen zu werden, war – nun, gelinde gesagt – ein harter Schlag. Etwa eine Woche nach unserem

Treffen rief er mich an. »Wie wäre es mit einem Mittagessen?«, fragte er. Ich antwortete:
»Sehr gerne.« Wir trafen uns im Savoy.
Mein Gott, sah er anders aus. Elegant war
nicht das richtige Wort. Er sah einfach phan-
tastisch aus. Auf wundersame Weise hatte er
eine sehr zarte Bräune bekommen. »Du
siehst fit aus«, sagte ich. »Ja«, antwortete er,
»ich war gerade einen Monat in Monte Carlo.«

Eine kleine Pause.

DEREK: Haben Sie jemals jemanden angestarrt wie
ein erstaunter Esel? Nun – genau so starrte
ich Foster an. Schließlich sagte ich: »Einen
Monat in Monte Carlo? Was zum Teufel
meinst du, ich habe dich doch vor einer Woche in der Regent Street getroffen!« Jetzt war
er derjenige, der mich anstarrte. »Unmöglich«, sagte er, »ich war acht Wochen lang
im Ausland.« Ich sagte nichts mehr. Das war
auch nicht nötig. Ich ahnte, was geschehen
war. Und Sie haben es natürlich auch erraten.
Nach dem Mittagessen rief ich bei der Bank
an, um zu erfahren, ob mein Scheck eingelöst worden war. Der Direktor war sehr amüsiert. »Sie meinen den über zweiundfünfzig
Pfund?«, fragte er. Ich antwortete: »Ja, der
Scheck über zweiundfünfzig Pfund.« Er war
fünf Tage zuvor eingelöst worden. Als er gerade auflegen wollte, sagte er beiläufig:
»Haben Sie die fünfhundert auf den Derby-
Favoriten gesetzt?« – »Welche fünfhun-

dert?« Ich keuchte. »Na, die fünfhundert, die Sie heute Morgen selbst von der Bank abgehoben haben.« Ich war an diesem Morgen nicht einmal in der Nähe der Bank gewesen. Ich antwortete nichts. Das war auch nicht nötig. Ich ahnte, was geschehen war. Und Sie haben es natürlich auch erraten!

ENDE

Francis Durbridge verfasste diesen Kurzkrimi bereits im Jahr 1936 und erhielt dafür umgerechnet in heutiges Geld 220 Euro. Es war lange vor Durbridges Durchbruch, aber kurz nachdem er seinen ersten dreiviertelstündigen Radiokrimi verfasst hatte, *Murder in the Midlands*.

The Knave wurde ursprünglich am 2. Juni 1936 in der Reihe *Mr Mike Presents* ausgestrahlt. Es folgten mehrere Neuproduktionen des Kurzkrimis.

Das erste Remake wurde am 12. März 1940 innerhalb des *Crime Magazine* ausgestrahlt und von Lionel Gamlin gelesen. In dieser Folge war es der zweite Beitrag; der fünfte innerhalb derselben Radiosendung war die erste Episode von *Ein Fall für Sexton Blake* (⇨ Band 26). Durbridge war in dem Programm also doppelt vertreten.

Das zweite Remake folgte wenige Wochen später innerhalb einer zwanzigminütigen Radiosendung am 7. Mai 1940 unter dem Titel *Mark Conway Tells a Personal Tale of a Long Time Ago*. Hier wurde die Titelfigur Derek offensichtlich durch Mark Conway ersetzt. Interessantes Detail: Der Name Mark Conway war von Durbridge ursprünglich statt des Namens Paul Temple in Erwägung gezogen worden.

Das dritte Remake war innerhalb der Sendung *Words and Music* am 8. September 1941 zu hören. Es sprachen Godfrey Baseley und Martyn C. Webster, der der Produzent und Regisseur sämtlicher britischer Temple-Hörspiele war.

Ein viertes Remake folgte am 5. März 1943 innerhalb der Radiosendung *Divertissement.*

Abschließende Bemerkung: Die Bezeichnung ›The Knave‹ verwendete Francis Durbridge 1938 erneut, als er dem großen Hintermann in seinem ersten Paul-Temple-Abenteuer genau diesen Beinamen gab.

Handschriftliche Eintragung von Francis Durbridge in seinem Einnahmenbuch über den Erhalt von zwei Pfund und zwei Shilling für den Revue-
Sketch *The Knave*

Francis Durbridge

Das Ass

(*The Ace*)
Übersetzt von Georg Pagitz

MANN: (*Charmanter Tonfall*) Ich wollte schon immer das Fanshaw-Collier haben und hatte mir deshalb vorgenommen, es auch zu bekommen. (*Eine kurze Pause*) Das Anwesen der Fanshaws war eines jener typischen Herrenhäuser in Mayfair – grau und düster, mit mehreren Fenstern, die auf einen finsteren Hinterhof gingen. Ich kletterte durch eines dieser Fenster in die Bibliothek. Es war ein bezaubernder Raum, exquisit eingerichtet. Der Tresor war hinter einem Bücherregal versteckt und schon nach kurzer Zeit betrachtete ich das Fanshaw-Collier im Licht meiner Taschenlampe. Plötzlich hörte ich das Klicken eines Schalters und der Raum wurde von Licht durchflutet. Eine junge Frau stand in der Tür. Es war offensichtlich Tessa Fanshaw, obwohl sie besser aussah als auf den Bildern, die ich in den Gesellschaftsblättern von ihr gesehen hatte. Sie hatte einen Revolver in der Hand. Und der Revolver war auf mich gerichtet. Ich lächelte. Meine Art zu Lächeln ist sehr einnehmend – und ich wollte, dass sie mein Lächeln bemerkte, bevor sie den Abzug dieses Revolvers drückte. Sie muss es auch bemerkt haben, denn anstatt den Abzug zu betätigen, sagte sie …

Musik aufblenden.

Musik schnell ausblenden.

FRAU: Würden Sie bitte die Hände hochnehmen?

MANN: Wie bitte?

FRAU: Ihre Hände!

MANN: (*Ganz zwanglos*) Oh, es tut mir leid, ich habe gar nicht daran gedacht.

Eine Pause.

FRAU: Sie – Sie wirken nicht sehr verängstigt.

MANN: Verängstigt? Ich doch nicht.

FRAU: Sie – Sie wollten doch das Collier stehlen, nicht wahr?

MANN: Ja. Ja, natürlich. Gehört es Ihnen?

FRAU: Meiner Mutter. Ich hätte es gerne zurück, wenn Sie nichts dagegen haben. (*Nach einer kleinen Pause*) Danke. Warum haben Sie ausgerechnet dieses Haus ausgewählt?

MANN: Ich habe Ihre Vorhänge bemerkt. Die rosa Vorhänge. (*Mit trockenem, ironischem Tonfall*) Das Rosa hat mich fasziniert. (*Mit einem gezwungenen Tonfall*) Sagen Sie, würde es Ihnen etwas ausmachen, wenn ich meine Hände herunternehmen würde?

FRAU: (*Nach einer kurzen Pause*) In Ordnung, aber stecken Sie Ihre Hände nicht in die Taschen.

MANN: Ist das Ding da geladen?

FRAU: Keine Ahnung – doch – ja, natürlich ist der

100

Revolver geladen.

Eine kurze Pause.
Musik aufblenden.

Musik ausblenden.

MANN: Ich hoffe, es macht Ihnen nichts aus, dass ich Sie das gefragt habe.

FRAU: Aber überhaupt nicht. Übrigens, Sie sind nicht zufällig dieser Kerl, über den die ganzen Zeitungen schreiben, oder?

MANN: Sie meinen »Das Ass«?

FRAU   Ja. Ich meine »Das Ass«.

MANN: Nein, tut mir leid. Tut mir leid, wenn ich Sie enttäuschen muss.

FRAU: Ach, ich bin nicht enttäuscht. Sie sehen irgendwie auch nicht romantisch aus.

MANN: Was für eine Schande! Als ich mich heute Abend anzog, sagte ich mir: »John, du musst vor allem romantisch aussehen …«

FRAU: Machen Sie sich gerade über mich lustig?

MANN: (*Mit gespielt ernstem Ton*) Madam, ich vermische niemals Vergnügen mit der Arbeit.

FRAU: Mensch, Sie sind vielleicht ein seltsamer Kerl.

MANN: Einzigartig ist das Wort, Madam. Einzigartig! Erlauben Sie mir, Ihnen meine Karte zu geben?

FRAU: (*Liest*) »John Conway. Mann von Welt. Betrüger. Einbrecher. Professioneller Kleptomane. Sie haben die teuersten Juwelen? Wir wollen sie.« (*Sie beginnt zu lachen*) Sie sind doch verrückt. Total verrückt!

101

MANN: Ganz im Gegenteil, Madam, ich bin ausge-
          sprochen klug.
Tanzmusik aufblenden.

Musik langsam ausblenden.
MANN: Ich wünschte, Sie würden diese Tür schlie-
          ßen! Ich finde es äußerst schwierig, würde-
          voll zu bleiben, wenn Tanzmusik meine Aus-
          führungen unterbricht.
FRAU: Muss es für Sie denn unbedingt würdevoll
          sein?
MANN: Aber selbstverständlich. Es gibt nur drei Ar-
          ten von Einbrechern: den würdevollen Typ,
          den melodramatischen Typ und den stüm-
          perhaften Typ. Ich war zunächst unent-
          schlossen darüber, ob ich würdevoll oder
          melodramatisch sein soll. Wie Sie sehen, ha-
          be ich mich für die Würde entschieden.
FRAU: Dann würden Sie das Ass also dem melo-
          dramatischen Typ von Einbrechern zuord-
          nen?
MANN: Aber natürlich. Ist es nicht der Höhepunkt
          eines Dramas, wenn er immer das Karo-Ass
          nach einem Raub am Tatort hinterlässt? Es
          ist genau das, was man in zweitklassigen
          Kriminalromanen liest. (*Ein wenig melodra-
          matisch*) »Und als der Morgen kam, waren
          die Juwelen verschwunden, aber auf dem
          Tisch lag – mit der Vorderseite nach oben –
          das Karo-Ass.« (*Er lacht ein wenig*) Ich fin-
          de es beinahe schade, dass ich kein Schau-
          spieler geworden bin.

102

FRAU: In den Zeitungen steht, dass dieser Kerl – »Das Ass« – sich immer durch die Haustür einschleicht. Glauben Sie, dass das wahr ist?

MANN: (*Mit einem Lachen*) Nun, wenn ich auf meine umfassenden Erfahrungen, was Haustüren betrifft, zurückgreife, dann würde ich sagen, dass dies nahezu unmöglich ist!

FRAU: (*Ruhig*) Wenn ich mich dazu entschließen würde, die Polizei nicht zu rufen – würden Sie mir dann feierlich versprechen, es nie wieder zu tun?

MANN: (*Nach einer kurzen Pause*) Ja. Ja, das würde ich.

FRAU: Dann habe ich mich endgültig entschieden. Ich werde Sie nicht der Polizei übergeben.

MANN: Und ich habe mich ebenfalls endgültig entschieden. (*Nach einer kurzen Pause*) Sie sind sehr süß.

Musik aufblenden.

Musik langsam ausblenden.

MANN: Am nächsten Morgen las ich über den Einbruch. Das Fanshaw-Collier war gestohlen worden. Gestohlen von jemandem, der die Kühnheit besessen hatte, die Villa durch das Haustür zu betreten. (*Leise*) Eine kleine Spielkarte wurde im Tresor gefunden – das Karo-Ass. (*Nach einer kleinen Pause*) Ich hätte nie gedacht, dass »Das Ass« ein so hübsches Mädchen von etwa siebenundzwanzig Jahren war – Sie etwa?

ENDE

Francis Durbridge verfasste diesen Kurzkrimi im Jahr 1936 und erhielt dafür – im Vergleich zu *Der Knappe / The Knave* – die doppelte Gage, nämlich vier Pfund und vier Shilling.

Ausgestrahlt wurde der Sketch erstmals am 18. August 1936 innerhalb der Revue *The Tune You Heard*, für die Durbridge auch einige Liedtexte schrieb. Regie führte der Entdecker des Autors, Martin C. Webster.

Es folgten sieben Remakes, da die meisten Sendungen damals live ausgestrahlt und sie nicht vorab aufgezeichnet wurden. Gesendet wurde der Krimisketch innerhalb verschiedenster Sendungen, für die Durbridge jedes Mal neu kassierte, etwa drei Pfund und drei Shilling für eine Neuaufnahme innerhalb der BBC-Sendung *The Children's Hour*.

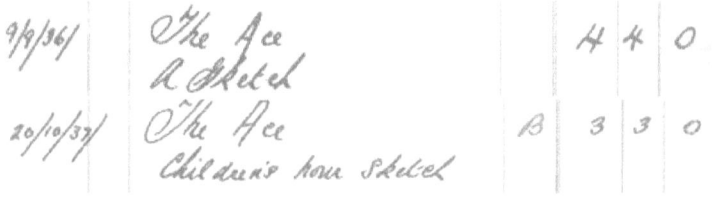

Durbridge notiert in seinem Einnahmenbuch handschriftlich die Geldsummen, die er für *The Ace* erhielt.

Am 18. September 1937 enthielt die Sendung *Five O'Clock Follies* innerhalb von *The Children's Hour* eine Neuversion des Stücks, erneut inszeniert von Martyn C. Webster. Es folgte am 16. November 1937 eine weitere Version innerhalb der Revue *Baker's Dozen*, Regie: William MacLurg, am 11. Oktober 1939 beinhaltete die *Mid-Week Matinée* eine weitere Fassung. Am 18. Oktober 1940 gab es eine BBC-Sendung namens *Three Sketches by Francis Durbridge*, in der Bernadette Hodgson und Stuart Vinden die Hauptrollen in *The Knave* sprachen. Am 7. April 1941 folgte eine neue Produktion, die innerhalb der Unterhaltungssendung *Divertissement* ausgestrahlt wurde, diesmal sprachen

Marjorie Westbury und Alan Robinson die beiden Titelfiguren. Eine letzte neue Version folgte am 10. April 1943, wiederum innerhalb der Sendung *Divertissement.*

Abschließende Bemerkung: Im Originaltext lautet die Bezeichnung für die Spielkarte »Ace of Diamonds«, also »Diamanten-Ass«. Im Englischen heißt die Spielfarbe nicht Karo, sondern Diamant, wodurch sich hier ein schönes Wortspiel ergibt, da es sich ja um den Diebstahl von Diamanten handelt.

Francis Durbridge

Paul Jones

(*Paul Jones*)
Übersetzt von Georg Pagitz

Aufblenden.
Ein Tanzorchester spielt.
Das Orchester wird langsam ausgeblendet.

FRANKIE: Also, ich denke, Sie sind wohl der schlechteste Tänzer der Welt.

PAUL: Nicht ganz der schlechteste. Ich habe noch einen Bruder.

FRANKIE: Ich hoffe wirklich inständig, dass Sie keine Schwester haben, die sich mit Ihren Darbietungen herumquälen muss.

PAUL: Es tut mir schrecklich leid, wenn ich Ihren Füßen irgendwie weh getan habe.

FRANKIE: Sie haben meine Schuhe völlig ruiniert!

PAUL: Ich kaufe Ihnen ein neues Paar.

FRANKIE: Ich bin es aber nicht gewohnt, Geschenke von komplett Fremden anzunehmen.

PAUL: Ach! Aber ich bin doch kein Fremder. Wir hatten doch schon drei Tänze miteinander.

FRANKIE: Und die werde ich auch nicht so schnell vergessen.

PAUL: Nach drei Tänzen bin ich normalerweise schon sehr innig mit einer Frau.

FRANKIE: Nach drei Tänzen mit Ihnen ist jede Innigkeit

106

unmöglich!

PAUL: Ich liebe schwarze Schuhe!

FRANKIE: Meine waren ursprünglich eigentlich weiß!

PAUL: (*Zwanglos*) Schwarz steht Ihnen aber besser. Sollen wir uns setzen?

FRANKIE: Gerade habe ich mir überlegt, ob ich die Tanzfläche nicht verlassen sollte.

PAUL: Sie dachten wohl, dass meine Gesellschaft im Vergleich zu meinen Tanzkünsten das geringere Übel ist.

FRANKIE: Schlimmer kann es kaum werden!

PAUL: Es stimmt schon, ich bin ein schrecklicher Tänzer, aber ich bin der beste Zuschauer am Rande des Parketts.

FRANKIE: Übung macht den Meister, sagt man.

PAUL: Das ist ein Trugschluss. Wissen Sie, Miss …?

FRANKIE: Lawton.

PAUL: (*Enthusiastisch*) Was für ein wunderschöner Name!

FRANKIE: Ich freue mich, dass er Ihnen gefällt.

PAUL: Eigentlich gefällt er mir gar nicht. Jedenfalls nicht ganz. Da sollte noch etwas davorstehen. Sie wissen schon, so ein Dingens …

FRANKIE: Sie meinen einen Vornamen?

PAUL: Ja, genau.

FRANKIE: Oh! Ich habe einen Vornamen!

PAUL: Ach, da bin ich aber froh! (*Nach einer Pause*) Verwenden Sie ihn auch?

FRANKIE: Meine besten Freunde verwenden ihn sehr oft!

PAUL: Und wie nennen Sie Ihre besten Freunde,

wenn sie ihn verwenden?

FRANKIE: Sie nennen mich »Frankie«. Gefällt er Ihnen, Mister …?

PAUL: Aber ganz und gar! Und mein Name ist Jones. Ja, Jones. Mein Großvater war ein echter Jones, er führte ein Textilgeschäft in Aberavon.

FRANKIE: Mein Gott! Jones! Und das Dingens?

PAUL: Das Dingens?

FRANKIE: Der Name, mit dem Sie ihre besten Freunde rufen!

PAUL: Nun, meine besten Freunde nennen mich »Stinkerchen«, aber ich wurde auf den Namen Paul getauft.

FRANKIE: Paul Jones!

PAUL: Ja, Paul Jones. Ich hatte einen Onkel namens Paul und sie nannten mich Jones nach meinem Vater.

FRANKIE: Das dachte ich mir.

Im entfernten Hintergrund hört man jetzt das Orchester einen eher sentimentalen Walzer spielen.
Eine kurze Pause.

FRANKIE: Und sonst?

PAUL: In den letzten sechs Monaten habe ich mich nur mit meinem Verstand und meinem Köpfchen durchs Leben geschlagen.

FRANKIE: Was soll das heißen?

PAUL: Ich meinte das ernst. Wissen Sie, ich habe ein nicht gerade ehrliches Spiel gespielt.

FRANKIE: Soll das heißen, dass Sie ein Krimineller sind?

PAUL: (*Leise*) Ja. Ich bin heute Abend mit einer

ganz bestimmten Absicht zu dieser Tanzveranstaltung gekommen: Ich wollte Ihre Halskette stehlen!

FRANKIE: Meine Halskette!

FRANKIE beginnt zu lachen.

PAUL: (*Verwundert*) Warum lachen Sie denn?

FRANKIE: Die Halskette ist aus Glas – und auch nicht
aus besonders gutem Glas!

PAUL: Aus Glas? Sie meinen Strass?

FRANKIE: Ja. (*Amüsiert*) Es scheint so, als hätten wir
viel gemeinsam, Mr. Jones. Wissen Sie, ich
bin ebenfalls mit einer bestimmten Absicht
zu dieser Tanzveranstaltung gekommen.

PAUL: Und zwar?

FRANKIE: Ich habe vor zehn Minuten Ihre Brieftasche
gestohlen!

ENDE

Francis Durbridge verfasste diesen Kurzsketch im Jahr 1937.
Die BBC strahlte ihn am 12. Februar 1937 erstmals innerhalb
der Sendung *Variety in Miniature* aus. Frankie wurde von
Barbara Helliwell gesprochen, Paul von Hugh Morton. Regie
führte Martyn C. Webster. Am 8. November 1939 folgte eine
neue Version unter demselben Titel innerhalb der Reihe *Mid-
Week Matinée*. Eine Neufassung mit dem neuen Titel *Cabaret*
wurde innerhalb der Sendung *Lunch Interval* am 7. August
1941 ausgestrahlt. Am 13. Juni 1942 strahlte die BBC die
Revuesendung *Cabaret* aus, die Martyn C. Webster inszenierte. Innerhalb dieser Produktion wurde auch der Sketch *Paul
Jones*, erneut unter dem Titel *Cabaret* gesendet. Am 11. Februar 1943 folgte schließlich die fünfte und letzte Liverversion
des Stoffs, erneut unter dem Titel *Cabaret* und ausgestrahlt

innerhalb der Sendung *Revue for Two*. Die Titelrollen wurden gesprochen von Marjorie Westbury und Dudley Rolph.

Francis Durbridge verzeichnet am 18. Februar 1937 die Gage von vier
Pfund und vier Shilling für den Sketch *Paul Jones*

8.0 ' MONDAY NIGHT
AT EIGHT '

with Jack and Daphne Barker;
' The Memoirs of André D'Arnell '
—a detective problem featuring
Keneth Kent and Linden Travers,
written by Francis Durbridge;

Ausschnitt aus der *Radio Times* (Ausgabe 1107, Seite 8):
Am Montag, dem 18. Dezember 1944 wird für 20.00 Uhr die letzte Folge
von *The Memoirs of André d'Arnell* innerhalb der Sendung *Monday Night at
Eight* angekündigt

Die in diesem Buch abgedruckten Texte sind im englischen
Original innerhalb der englischen Francis-Durbridge-
Buchreihe von Williams & Whiting erschienen:

Die Memoiren von André d'Arnell (*The Memoirs of André
d'Arnell*) ist in Band 36 *Five Minute Mysteries* auf den Seiten
253–352 enthalten.

Der Knappe (*The Knave*), *Das Ass* (*The Ace*) und *Paul Jones*
sind in Band 48 *Cocktails and Crime – An Anthalogy of The
Lighter Side of Francis Durbridge* enthalten (auf den Seiten
101 bis 118).

Melvyn Barnes hat sämtliche Sendedaten der Hörspiele und
ihrer Remakes für seinen Band *Francis Durbridge – The
Complete Guide* (ebenfalls bei Williams & Whiting erschienen) recherchiert.

Die Durbridge-Edition
– Williams & Whiting –

Bei Williams & Whiting sind bisher zweiundvierzig Bände von Francis Durbridge erschienen. Sämtliche Bücher enthalten eine umfassende Einleitung und ein Nachwort mit vielen Hintergrundinformationen zu Francis Durbridge, den jeweiligen Geschichten und den Produktionsumständen der Verfilmungen bzw. Vertonungen.

Band 1   FRANCIS DURBRIDGE
Stichtag für Harry
Paul Temple und der vorausgesagte Mord
Kriminalroman

Vorwort, Nachwort und Übersetzung: Dr. Georg Pagitz

Ein junger Mann namens Peter Gibson sucht Superintendent Max Christian in Scotland Yard auf. Er berichtet, dass er in einem Café in Hampstead arbeitet und ungewollt bei der Arbeit zwei Frauen belauscht hat. Diese sagten, dass ein gewisser Harry Sherwood den Sechzehnten des kommenden Monats nicht überleben würde. Christian geht der Sache nach, muss aber feststellen, dass nichts von dem, was Gibson erzählt hatte, stimmt. Es gibt weder das Café noch einen Mann dieses Namens. Am Sechzehnten des darauffolgenden Monats wird jedoch in einem Wohnwagen eine Leiche gefunden. Der Täter hat sein Opfer erstochen. Als Superintendent Christian den Toten sieht, glaubt er seinen Augen nicht: Es handelt sich dabei um den angeblichen Peter Gibson, der in Wirklichkeit Harry Sherwood hieß ...

Durbridge schrieb diese Geschichte als Fortsetzungsroman im Jahr 1960. Sie blieb jedoch unveröffentlicht und erscheint nun erstmals posthum.

Der Autor versuchte die Story auch als Filmtreatment deutschen Produzenten anzubieten und schrieb sie später zur Episode für eine *Paul-Temple*-TV-Folge um. Dieses Szenarium ist in dem Buch als *Paul Temple und der vorausgesagte Mord* enthalten, den Abschluss bildet eine Abhandlung über Durbridge und die Temple-TV-Serie.

Band 2   FRANCIS DURBRIDGE
Schritt ins Dunkel
Drehbuch für einen deutschen Spielfilm

Vorwort, Nachwort und Übersetzung: Dr. Georg Pagitz

In Soho geht ein gefährlicher Mörder um, der Barmädchen mit einem Messer tötet. Scotland Yard steht vor einem Rätsel. Zur gleichen Zeit befindet sich der wohlhabende Immobilienmakler Mike Hilton in einer existentiellen Krise: Nach dem Tod seiner Tochter und schwierigen Phasen in seiner Ehe verlässt ihn seine Ehefrau Ruth. Nach einer Reifenpanne nahe einem berüchtigten Pub in Soho lernt er die attraktive Selby Brooks kennen und verliebt sich in sie. Als er die junge Dame wenig später auf einem Hausboot besuchen will, findet er ihre Leiche. Mike Hilton gerät unter Mordverdacht. Zur Tatzeit half er einem kleinen Jungen dabei, dessen Papierdrachen aus einem Baum zu befreien. Doch dieses Alibi ist nichts wert, denn der Junge scheint spurlos verschwunden zu sein und gar nicht zu existieren. Gleichzeitig erfährt Mike von der Polizei, dass nichts von dem, was Selby ihm erzählt hatte, stimmte. Kann er sich aus seinem Teufelskreis befreien und den wahren Täter finden?

Die Hintergrundgeschichte zu diesem verschollenen Drehbuch ist ebenso spannend wie die Kriminalgeschichte selbst. Francis Durbridge verfasste das Skript 1961 und verkaufte es 1962 an einen deutschen Filmproduzenten. Letztlich wurde daraus der Spielfilm *Piccadilly null Uhr zwölf,* der bis auf vier Namen nichts mehr mit der Originalstory zu tun hatte. Im Vor- und Nachwort werden die Hintergründe analysiert und dank erst kürzlich aufgefundener Originalkorrespondenz von Francis Durbridge auch die Umstände und Gründe der Änderungen rekonstruiert.

Band 3   FRANCIS DURBRIDGE
Paul Temple muss her!
Ein Kriminalstück
Vorwort, Nachwort und Übersetzung: Dr. Georg Pagitz

Scotland Yard steht vor einem Rätsel. Eine gefährliche Verbrecherbande verunsichert London durch Kindesentführungen, Lösegelderpressungen und andererseits durch spektakuläre Juwelenraube. Die Ganoven operieren unter dem Namen »Die Schlagzeilenmänner«. Dies ist gleichzeitig der Titel des Romans einer unbekannten Autorin, deren Identität niemand kennt. Nachdem Sir Graham und seine Ermittler nicht weiterkommen, fordern die Zeitungen nach Unterstützung und titeln: »Paul Temple muss her!« Der erfolgreiche Kriminalschriftsteller und Privatermittler schaltet sich daraufhin ein und weiß bald, dass der große Hintermann ein Superverbrecher namens Max Lorraine ist. Aber wer der Verdächtigen versteckt sich hinter diesem Namen? Wer ist der gefährliche Schlagzeilenmann Nummer 1?

Dieses im Jahr 1943 in Birmingham uraufgeführte Theaterstück wurde seither nie mehr gespielt. Der Autor zeigt darin sein ganzes Können und liefert Drehungen, Wendungen und Cliffhanger im Minutentakt. Vier Personen sterben auf der Bühne, ebenso viele Leichen gibt es aus Erzählungen. Die *Birmingham Post* schrieb damals zur Uraufführung: »Leichen fallen aus Aufzügen, Schreie hallen durch die Nacht, aus einem unverdächtig aussehenden Grammophon kommen Schüsse und Blausäure findet ihren Weg in harmlose Whiskyfläschchen. Eigentlich haben wir A oder B als Täter verdächtigt, aber dann war es plötzlich X.« Bei dem Stück handelt es sich um eine geschickte Mischung aus Paul Temples ersten beiden Hörspielabenteuern.

Band 4   FRANCIS DURBRIDGE
Schöne Grüße von Mister Brix
Kriminalroman
Vorwort und Nachwort: Dr. Georg Pagitz

Geheimnisvolle und höchst mysteriöse Umstände haben den Ex-Inspektor Richard Grant und seine Frau Margret dazu veranlasst, vorübergehend wieder in den Dienst von Scotland Yard zu treten. In einem Fischerdorf namens Shorecombe war zuvor die Leiche einer gewissen Barbara Willis, Tochter eines feinen Londoner Hauses, aus dem Meer gezogen worden. Kurz darauf bekam ihr Verlobter Robert Brown eine Diamantenbrosche zugeschickt. Darauf stand: »Schöne Grüße von Mister Brix«. Wenig später finden die Grants in ihrer Garage eine weitere Leiche. Peggy Gillow, die in dem Fall undercover ermittelte, wurde erdrosselt. Auch ihr Vater bekam eine mysteriöse Karte von Mister Brix mit der gleichen sarkastischen Botschaft. Steckt hinter diesem Pseudonym jener gefährliche Ariman, dessen Fall Grant einst bearbeitete? Und wenn ja, wer von den zahllosen Verdächtigen ist dieser Verbrecher?

Durbridge schrieb diesen Kriminalroman 1962 für den deutschen Markt. Er basiert auf dem legendären Hörspiel *Paul Temple und die Affäre Gregory* und erzählt dieses sehr werkgetreu nach, allerdings wurden die Charaktere umbenannt. Wer schon immer wissen wollte, worum es in diesem Fall geht und ihn in voller Länge erleben wollte, kann dies nun endlich tun.

Band **5**   FRANCIS DURBRIDGE
Die gelbe Windmühle
Kriminalroman
Vorwort und Nachwort: Dr. Georg Pagitz

Susan Kelford, die vierjährige Tochter des reichen Sir Cedric Kelford, dem Präsiden-
ten der Londoner Central Bank, wird entführt. Das Mädchen war gerade in einem
Londoner Park, als eine kleine gelbe Spielzeugwindmühle ihre Aufmerksamkeit
erregte und sie in die Hand ihres Entführers lockte. Dieser zerrte das Kind in seinen
Wagen und suchte daraufhin rasch mit seinem Komplizen das Weite. Man fordert
10.000 Pfund Lösegeld von dem Multimillionär Kelford. Inspektor Houston von
Scotland Yard macht drei Tage später eine grausige Entdeckung: Sein Sohn Dennis,
der in Sir Cedrics Bank arbeitet, sitzt erschossen vor dem Fernsehgerät. In den Bild-
schirm ist eine gelbe Windmühle eingeritzt …

Die gelbe Windmühle erschien 1954 als Fortsetzungsroman in England. Im Jahr
1965 verfasste Francis Durbridge eine eigene Fassung für den deutschen Markt, die
hier erstmals als Buch vorliegt.

Band **6**   FRANCIS DURBRIDGE
Mitten ins Herz
Der Mann, der das Quiz gewann
Paul Temple und die flüchtige Miss Helvin
Kriminalromane
Vorwort und Nachwort: Dr. Georg Pagitz

Gary Mason, der berühmteste und beliebteste Schauspieler Englands, wird auf dem
Gelände eines Londoner Filmstudios erschossen. Wer ist der Täter? Und hatte er
tatsächlich Mason als Ziel auserkoren oder war dieser Mord ein Versehen und er galt
eigentlich der überaus attraktiven schwedischen Nachwuchsschauspielerin Karin
Lund? Diese legt ein seltsames Verhalten an den Tag, vor allem als sie zwei Tage
später dem Journalisten Michael Collins begegnet, der Augenzeuge der Tat wurde
und sich danach um die junge Frau gekümmert hatte. Diesmal ignoriert Karin den
Reporter und ist in Begleitung eines mysteriösen Fremden. Als Journalist Collins in
der darauffolgenden Nacht von einem weiteren Mord berichten soll, ist er schockiert,
als er in der Leiche Karin Lund wieder erkennt. Sie wurde erstochen ...

Mitten ins Herz wurde 1955 als *The Man Who Beat the Panel* in Großbritannien
als Fortsetzungsroman veröffentlicht. Durbridge überarbeitete diese Fassung für den
deutschen Markt im Jahr 1962, erweiterte und verbesserte sie um viele Handlungsstränge aus einem nicht-whodunit einen Whodunit. Später entwickelte er
daraus auch ein Skript für die *Paul-Temple*-Fernsehserie namens *The Elusive Miss
Helvin*, das aber nie Verwendung fand. In dieser Ausgabe sind neben der deutschen
Romanfassung auch erstmals die Übersetzungen der britischen Fortsetzungsgeschich-
te und des Szenariums enthalten. Titel: *Der Mann, der das Quiz gewann* und *Paul
Temple und die vorsichtige Miss Helvin*, beide übersetzt von Dr. Georg Pagitz.

Band **7**   FRANCIS DURBRIDGE
Sie wussten zu viel & Das Gesicht der Carol West
Kriminalromane
Vorwort und Nachwort: Dr. Georg Pagitz

Victor Merton, der Geschäftsführer der Absteige *High Dive* in Belhampton, zieht
beim morgendlichen Schwimmsport die Leiche eines jungen Mädchens aus dem

Hotelpool. Julia Nagy, eine aus Ungarn stammende Angestellte und Mister Cooper, ein Privatgelehrter, werden Augenzeugen des Vorgangs. Ein Notizbuch der Toten führt zu einer gewissen Carol West. Außerdem findet sich darin die Telefonnummer von Scotland-Yard-Superintendent Christian Stiller, der die Tote allerdings nicht kannte. Stiller übernimmt die Ermittlungen. Immer wieder wird er in deren Verlauf von einem Anrufer mit sanfter Stimme gewarnt. Wenig später wird auf den Superintendent ein Überfall verübt, kurz darauf ein Anschlag in Scotland Yard. Alle Spuren führen erneut in die zwielichtige Absteige *High Dive ...*

Francis Durbridge hatte diesen Roman 1959 als Fortsetzungsroman für die Zeitschrift *News of the World* geschrieben. 1963 überarbeitete er diesen für den deutschen Markt unter dem Titel *Sie wussten zu viel*, führte viele neue Handlungsstränge und Figuren ein und baute die Geschichte erheblich aus. Diese Ausgabe enthält erstmals beide Fassungen, die deutsche erweiterte Version und die davon erheblich abweichende Originalfassung, die von Dr. Georg Pagitz erstmals unter dem Titel *Das Gesicht der Carol West* ins Deutsche übertragen wurde. In einem Vor- und Nachwort des Übersetzers wird auf die Hintergründe eingegangen sowie auf Durbridges meisterliche Fähigkeiten, alte Stoffe wiederzuverwerten.

Band **8**　　　　FRANCIS DURBRIDGE
Paul Temple und der Fall Valentine
Skript für ein achtteiliges Hörspiel
Vorwort, Nachwort, Übersetzung: Dr. Georg Pagitz

London, 1946: Seit einigen Wochen wird das Westend von einer geheimnisvollen Selbstmordserie junger Frauen erschüttert. Scotland Yard ist ratlos und kann nur herausfinden, dass es wohl um Drogen und einen geheimnisvollen Hintermann namens »Valentine« geht. Für Sir Graham Forbes ist eines klar: Das ist ein Fall für Paul Temple! Der bekannte Detektiv und Schriftsteller ist zunächst jedoch gar nicht daran interessiert. Erst als eine junge Frau spurlos aus seinem Wagen verschwindet, lässt er sich doch überreden. Dann geht alles blitzschnell: Auf die Temples wird im eigenen Schlafzimmer ein Mordanschlag verübt, eine geheimnisvolle Botschaft führt Paul und Steve zu einem mysteriösen Kapitän in eine Kneipe am Fluss und schließlich findet sich eine deutliche Warnung von Valentine bei einer Leiche in einer Zahnarztpraxis. Es gibt zahllose Verdächtige und undurchsichtige Gestalten und der gefährliche Unbekannte schlägt immer wieder zu.

Dieses Buch beinhaltet das vom englischen Originalmanuskript übersetzte Temple-Abenteuer, das 2021/22 Grundlage für die neue Pidax-Hörspielproduktion Paul Temple und der Fall Valentine war. In einem Vor- und Nachwort des Übersetzers werden interessante Hintergrundinfos geliefert. Außerdem wird auf die unterschiedlichen Versionen, die im Laufe der Jahre von diesem Stoff entstanden sind, eingegangen.

Band **9**　　　　FRANCIS DURBRIDGE
Zwei Fälle für Paul Temple: McRoy/Westfield
Zwei einteilige Hörspiele
Vorwort, Nachwort, Übersetzung: Dr. Georg Pagitz

Der Fall McRoy: Paul Temple und Steve sind in Italien und befinden sich gerade auf der Weiterreise in die Schweiz, als sie auf dem Mailänder Bahnhof zufällig den Ex-Ermittler Harry McRoy treffen. Gemeinsam tritt man die Weiterfahrt an. Im Zug erzählt Harry von einem rätselhaften Auftrag und bittet Paul, einen Koffer mit geheimnisvollem Inhalt an Sir Graham Forbes zu überbringen, wenn ihm etwas zusto-

ßen sollte. Ehe man Basel erreicht, überschlagen sich die Ereignisse und es gibt Tote.
Der Fall Westfield: Vor Jahren wurde aus dem Hause des Herzogs von Westfield Schmuck im Wert einer Dreiviertelmillion Pfund gestohlen. Es gab keine Spuren und Scotland Yard legte den Fall damals auf Eis. Paul Temple interessiert sich für die Sache, zumal es bald auch eine neue Spur zu geben scheint, als man in einem Londoner Hotel eine Leiche findet. Bei den Sachen des Toten werden ein Fahrschein für eine Fähre und ein Rezept eines gewissen Dr. Schumann gefunden. Temple geht der Sache nach …

Dieses Buch enthält die beiden Originalmanuskripte zu den 2021/22 neu produzierten Temple-Hörspielen von Pidax und HNYWOOD. In einem umfangreichen Vorwort werden die Hintergründe beleuchtet, zudem enthält dieser Band vollständige Stab- und Besetzungslisten sämtlicher Adaptionen und einige exemplarische Beispiele, wie im Fall McRoy dramaturgische Anpassungen vorgenommen wurden.

Band **10**   FRANCIS DURBRIDGE

Paul Temple und der Fall Dr. Belasco
Skript für ein achtteiliges Hörspiel
Vorwort, Nachwort, Übersetzung: Dr. Georg Pagitz

Als Paul und Steve nach einem Tanzabend anlässlich Steves Geburtstag nach Hause kommen, werden sie schon von Sir Graham erwartet. Dieser hat Philip Kaufman von der Kopenhagener Polizei mitgebracht. Sie erklären, dass der berüchtigte Dr. Belasco seine Aktivitäten vom Kontinent nach England verlegt hat. Niemand kennt das Gesicht dieses gefährlichen Mannes, der das Verbrechen organisiert und für Schutzgelderpressungen aber auch Mord verantwortlich ist. Sir Graham und Kaufman bitten Temple um Hilfe. Bald schon soll der Kanadier Ross Morgan in England ankommen. Er ist ein Handlanger Dr. Belascos. Temple soll ihn im Auge behalten, doch dann gibt es einen unerwarteten Zwischenfall: Bei der Zugfahrt nach London kommt es zu einem Unfall und Morgan stirbt. Der Kanadier kann Temple jedoch noch einen wichtigen Hinweis geben. Bei seinen Sachen findet Temple ein Feuerzeug. Dieses ähnelt jenem, das Steve an ihrem Geburtstag irrtümlich von einem Mr. Nelson eingesteckt hat ...

Francis Durbridge verfasste *Paul Temple and Steve*, so der Originaltitel dieses in der Chronologie gesehenen achten Falls, im Jahr 1947. Dieser band enthält ein informatives Vorwort, einen Artikel über die Paul-Temple-Comic-Serie und Francis Durbridges für die Radio Times geschriebene Einleitung zu dem Fall.

Band **11**   FRANCIS DURBRIDGE

Paul Temple und die Marquis-Morde
Kriminalroman
Vorwort, Nachwort, Übersetzung: Dr. Georg Pagitz

In London sorgt ein skrupelloser Mörder, der sich »Der Marquis« nennt, für Angst und Schrecken. Ein halbes Dutzend Personen – lauter renommierte Damen und Herren – musste schon ins Gras beißen und kein Ende ist in Sicht. Scotland Yard in Form von Sir Graham Forbes ist ratlos. Doch diesmal ist es nicht der Chefkommissar, der Paul Temple um Hilfe bittet, sondern das Innenministerium. Ein anonymer Brief des Marquis an Temple sorgt schließlich dafür, dass sich der schreibende Detektiv in die Ermittlungen einschaltet. Er trifft eine Privatdetektivin, die dem großen Unbekannten auf der Spur ist. Doch auch sie wird wenig später tot aus der Themse gezogen. Alle Spuren führen zu einem Ägyptologen namens Sir Felix Reybourn. Ist er der Marquis? Und wenn nicht, wer von den zahlreichen Verdächtigen ist es dann? Temple und seine Frau Steve setzen sich zahllosen Gefahren aus, ehe Paul den gefährlichen Mörder endlich überführen kann ...

Dieser Krimi ist der letzte nicht übersetzte Paul-Temple-Roman und erscheint nun erstmals in deutscher Sprache – fast 80 Jahre nach seinem Entstehen! Ein packender, typischer Temple voller Cliffhanger, Drehungen und Wendungen, verdächtiger Figuren und natürlich mit der obligatorischen Cocktailparty. Das Buch enthält eine informative Einleitung und ein umfassendes Nachwort, in dem die multimediale Auswertung des Stoffs, der auf einem Durbridge-Hörspiel von 1942 beruht, beleuchtet wird. 1952 entstand auch eine Verfilmung mit John Bentley und Christopher Lee.

Band **12**   FRANCIS DURBRIDGE
Die Anhalterin
Kriminalroman
Vorwort, Nachwort, Übersetzung: Dr. Georg Pagitz

Der Spielwarenfabrikant David Walker nimmt in seinem eleganten Wagen eine hübsche junge Anhalterin namens Judy Clayton mit. Als das Benzin ausgeht, macht sich Walker zu Fuss auf den Weg zu einer Tankstelle. Als er zurückkommmt, ist die junge Frau spurlos verschwunden. Einige Tage später taucht Kriminalinspektor Denson bei Walker auf und teilt ihm mit, dass Judy nur wenige Meter von der Stelle, an der David die Panne hatte, ermordet aufgefunden wurde. Zahlreiche Indizien deuten darauf hin, dass Walker die Frau schon länger kannte, obwohl dieser das bestreitet. Im Laufe der Ermittlungen gibt es weitere Tote und neben einem Lippenstift spielen auch ein Schlüsselbund und eine Sofortbildkamera eine wichtige Rolle ...

Dieser Kriminalroman aus dem Jahr 1977 liegt erstmals in einer deutschen Übersetzung vor. Er basiert auf Francis Durbridges Originaldrehbuch zu dem 1971 gedrehten BBC-Dreiteiler *The Passenger*, der synchronisiert unter dem Titel *Die Spur mit dem Lippenstift* ausgestrahlt wurde. Im ausführlichen Vor- und Nachwort des Übersetzers wird auf die Entstehungsgeschichte eingegangen und auch erklärt, wieso 1971 in der BRD keine deutsche Verfilmung dieses Stoffs entstand. Auszüge aus Durbridge-Interviews, Hintergründe über die Miniserie und deren französische Adaption sowie ein 2015 geführtes, exklusives Interview mit dem Regisseur Michael Ferguson, der *The Passenger* inszenierte, runden diesen Band ab.

Band **13**   FRANCIS DURBRIDGE
Die Frau im Hintergrund
Kriminalroman
Vorwort, Nachwort, Übersetzung: Dr. Georg Pagitz

Torcombe, an der Küste von Cornwall. Der ehemals als Kriminalreporter in der Fleetstreet tätige Roy Burton hat sich hierher zurückgezogen, um an einem Buch zu arbeiten. Er lebt in einer einfachen Hütte an der Küste. Eines Tages nähert er sich bei einem Spaziergang einer verlassenen Zinnmine und wird niedergeschlagen. Als er wenig später erwacht, erzählt ihm eine gewisse Karen Silvers, dass er sich in der Mine befinde. Sie leitet dort ein geheimes wissenschaftliches Projekt der Regierung. Es geht um den Bau einer Atomrakete, die so stark ist, dass sie ganz London oder New York zerstören könnte. Die Wissenschaftlerin erklärt, dass die Arbeiter in der Mine allerdings nichts davon wissen zum gar so viel als nötig. In der Umgebung scheint sich der gefährliche Kriminelle Fabian Delouris zu befinden, der schon einen Mitarbeiter entführt hat. Gemeinsam mit gefährlichen deutschen Ex-Nazis will er die Rakete stehlen und damit die Weltherrschaft erlangen. Karen und ihr Vorgesetzter Leyland, bitten Roy daraufhin um seine Mithilfe bei der Bekämpfung der Organisation. Bald darauf werden auf Roy mehrere Mordversuche verübt und die Ehefrau und

Tochter eines Pubbesitzers verschwinden spurlos.

Die Frau im Hintergrund stellt unter mehreren Gesichtspunkten eine Besonderheit dar und liegt erstmals in deutscher Übersetzung vor. So ist es der einzige Kriminalroman von Francis Durbridge, der nicht nach dem Whodunit-Muster gestrickt und in dem der Täter von Anfang an bekannt ist. Eine spannende Abenteuergeschichte, in der die beiden Protagonisten gegen eine gefährliche, aus brutalen Nazis bestehende Organisation kämpfen, die die Weltherrschaft mit einer Atomrakete erzwingen will. Eine für den Autor untypische, aber spannende Geschichte mit interessanten und überraschenden Wendungen. Das Buch enthält ein Vorwort mit Hintergrundinformationen. Im Anhang werden sämtliche Bücher und Kurzgeschichten von Francis Durbridge aufgelistet und dessen Wirken als Romanautor beleuchtet. Inhaltsangaben und weitere Infos zu allen Romanen und Kurzgeschichten runden diese Ausgabe ab.

Band **14**   FRANCIS DURBRIDGE

Vorsicht vor Johnny Washington!
Kriminalroman

Vorwort, Nachwort, Übersetzung: Dr. Georg Pagitz

Johnny Washington ist ein junger amerikanischer Gentleman, der nach Kent gezogen ist, um das Leben zu genießen. Eigentlich will er nur dem süßen Nichtstun nachgehen und seine Zeit mit Fischen verbringen, doch eine Serie von Verbrechen ruft ihn auf den Plan. Eine Bande Krimineller verübt diese nämlich unter seinem Namen und lässt am Tatort Visitenkarten mit dem Aufdruck »Mit besten Grüßen von Johnny Washington« zurück. Das kann der Amerikaner nicht auf sich sitzen lassen. Die Zeitungsreporterin Verity Glyn ermutigt Johnny dazu, sich auf den Fall zu stürzen. Gemeinsam mit dem geheimnisvollen Horatio Quince, einem pensionierten Lehrer, jagt er den mysteriösen Hintermann, der die Morde und Verbrechen organisiert und der sich hinter dem Decknamen »Grauer Elch« versteckt.

Die Geschichte dieses Romans hat Francis Durbridge von seinem ersten Temple-Abenteuer entlehnt und sie überarbeitet. Neuer Protagonist ist Johnny Washington, der Held einer seiner Radioserien.

Band **15**   FRANCIS DURBRIDGE

Zwanzig Minuten von Rom
Drehbuch für einen Fernsehkriminalfilm

Vorwort, Nachwort, Übersetzung: Dr. Georg Pagitz

Zwanzig Minuten von Rom entfernt liegt der Ort Tolero. Welche Rolle spielt er in einem mysteriösen Fall, in den der Wissenschaftler Geoffrey Ryder verwickelt ist? Der Mann steht unter Mordverdacht und besteht darauf, Alan Quinton vom MI5 zu sprechen. Nur ihm will er seine ganze Geschichte erzählen. Den Mann, den er ermordet haben soll, Walter Smedley, lernte er in einem teuren Pariser Nachtclub kennen. Er half ihm dort aus der Bredouille, woraufhin Smedley ihm anbot, während seiner eigenen Abwesenheit in seiner Londoner Wohnung unterzukommen. Ryder nimmt dankend an. Das ist der Beginn einiger mysteriöser Ereignisse. Welche Rolle spielt das goldene Zigarettenetui, das Smedley unbedingt wiederhaben will? Und warum befanden sich auf einem Mikrofilm Fotos von einer Fahrkarte für den Schlafwagen nach Rom und eine Aufnahme einer Landkarte, auf der der Ort Tolero eingezeichnet ist und auf der oberhalb handschriftlich die Notiz »Zwanzig Minuten von Rom« gemacht wurde?

Dieses unverfilmte Drehbuch stammt aus dem Jahr 1954. Es handelt sich dabei um eine ganz typische Francis-Durbridge-Geschichte mit jeder Menge Verwirrungen. Der Autor beweist hier, dass er nicht nur serielles Erzählen beherrscht, sondern auch innerhalb eines 90-Minuten-Films sein Publikum ganz schön raffiniert verwirren kann. Als übliche Zutaten gibt es einige überraschende Wendungen und die üblichen mysteriösen Gegenstände, wie ein goldenes Zigarettenetui und einen Mikrofilm, auf dem sich unerklärliche Fotografien befinden.

Band **16**   FRANCIS DURBRIDGE
Das zerbrochene Hufeisen
Drehbuch für einen sechsteiligen Kriminalfilm
Vorwort, Nachwort, Übersetzung: Dr. Georg Pagitz

Dr. Mark Fenton behandelt im Londoner St.-Matthews'-Krankenhaus einen Mann namens Charles Constance. Er wurde bei einem Autounfall schwer verletzt, der Lenker beging Fahrerflucht. Constance liegt noch im Koma, als plötzlich eine gewisse Miss Freeman bei Fenton auftaucht, die sich für den Gesundheitszustand des Opfers interessiert. Als Constance erwacht, behauptet er, diese Frau nicht zu kennen. Noch erstaunter ist er über das zerbrochene Hufeisen, das sich auf einem Blumengesteck befindet, das sie ihm mitgebracht hat. Als der Mann wenig später entlassen wird und nicht zur Kontrolluntersuchung erscheint, stellt Fenton einen Brief zu, den Constance bei ihm hinterlassen hat. Dabei entdeckt er in einem Appartement die Leiche von Mr. Constance. Auf dem Spiegel befindet sich ein gemaltes zerbrochenes Hufeisen.

Mit dem Drehbuch zu diesem Sechsteiler legte Francis Durbridge 1952 den Grundstein als erfolgreicher Fernsehkrimiautor. Es war die erste von insgesamt zwanzig mehrteiligen Serien für die BBC, elf davon wurden auch in Deutschland verfilmt. *Das zerbrochene Hufeisen* war nicht darunter und erlebt somit seine deutschsprachige Premiere.

Band **17**   FRANCIS DURBRIDGE
Operation Diplomat
Drehbuch für einen sechsteiligen Kriminalfilm
Vorwort, Nachwort, Übersetzung: Dr. Georg Pagitz

Der renommierte Arzt Dr. Mark Fenton wird von einer Unbekannten gebeten, einen Patienten zu behandeln. Fenton steigt in einen Krankenwagen ein und stellt fest, dass der Wagen leer ist. Ein weiterer Mann mit Pistole sitzt darin und erklärt, es handle sich um eine wichtige Operation. Die Reise, die Fenton in dem verdunkelten Wagen absolviert, dauert mehrere Stunden. Er wird in eine mysteriöse Villa gebracht wird. Dort ist in einem Raum ein Operationssaal aufgebaut worden und ein Deutscher namens Schröder erklärt, ein kranker Mann dringend operiert werden müsse. Es handelt sich dabei um den bekannten Diplomaten Sir Oliver Peters, der seit einiger Zeit spurlos verschwunden ist. Der Patient spricht im Fieber von einem »Goldenen Tal«. Assistiert wird Fenton von einer bildhübschen Krankenschwester. Nach der erfolgreichen Operation verliert er das Bewusstsein.

Operation Diplomat hat Durbridges ersten TV-Serienhelden zum Protagonisten, den Mediziner Dr. Mark Fenton, der bereits in *Das zerbrochene Hufeisen* ermittelte. Das Drehbuch entstand 1952 für einen Sechsteiler der BBC, der wie alle anderen Krimis von Francis Durbridge zum Straßenfeger avancierte.

Band **18**   FRANCIS DURBRIDGE
Die Teckman-Biographie
Drehbuch für einen sechsteiligen Kriminalfilm
Vorwort, Nachwort, Übersetzung: Dr. Georg Pagitz

119

Philip Chance, ein junger Schriftsteller erhält einen interessanten Auftrag: Er soll eine Story über Martin Teckman schreiben. Dieser junge Testpilot ist angeblich bei der Erprobung eines neuen Flugzeugmodells verunglückt. Bei seinen Nachforschungen lernt Philip die Schwester Teckmans kennen, die junge und besonders attraktive Helen. Von da an ereignen sich seltsame Dinge, die darauf schließen lassen, dass sich irgendjemand von Teckmans Nachforschungen enorm gestört fühlt. Nicht nur, dass Gangster in seine Wohnung einbrechen, wenig später wird dort auch ein Mann ermordet aufgefunden. Es handelt sich dabei um den Konstrukteur des Versuchsflugzeugs, Mr. Garvin. Wenig später kommt es zu einem weiteren Mord: Ein Informant, der wichtige Informationen beschaffen wollte, wird ebenso von dem großen Unbekannten beseitigt ...

Die Teckman-Biographie erscheint erstmals auf Deutsch und ist die Übersetzung des gleichnamigen Drehbuchs von Francis Durbridge zu dessen dritten Fernsehmehrteiler. Neben einem interessanten Vor- und Nachwort, in dem auch auf den Kinofilm eingegangen wird, enthält das Buch außerdem ein exklusives Interview mit Alvin Rakoff, der den Mehrteiler 1953/54 im Alter von nur 26 Jahren inszenierte.

Band **19**   FRANCIS DURBRIDGE
Paul Temple und der Fall Z.4
Skript für ein sechsteiliges Hörspiel
Vorwort, Nachwort, Übersetzung: Dr. Georg Pagitz

Paul Temple schreibt für die bekannte Schriftstellerin Iris Archer ein Theaterstück. Wenige Tage vor der Aufführung des Stücks tritt Iris von der Rolle zurück. Als sich Paul und Steve nach Schottland begeben, um dort Urlaub zu machen, sind beide überrascht, dort auch Iris anzutreffen. Hat ihr plötzliches Auftauchen etwas mit dem geheimnisvollen Brief zu tun, den ein aufgeregter junger Mann Paul Temple übergeben hat, mit der ausdrücklichen Anweisung, ihn John Richmond zu übergeben? Was hat der rätselhafte Dr. Steiner mit den Ereignissen zu tun? Und wer verbirgt sich hinter dem Codenamen Z.4? Auch im Urlaub ist Temple auf der Spur einer geheimnisvollen Spionageorganisation, die vor Mord nicht zurückschreckt.

News of Paul Temple, so der Originaltitel dieses Hörspiels, wurde 1939 ausgestrahlt. Das Manuskript dazu galt lange als verschollen, kann nun jedoch erstmals mit vielen Hintergrundinformationen auf Deutsch veröffentlicht werden.

Band **20**   FRANCIS DURBRIDGE
Paul Temple und der Fall Sullivan
Skript für ein achtteiliges Hörspiel
Vorwort, Nachwort, Übersetzung: Dr. Georg Pagitz

Joyce Raymond wendet sich mit einer Bitte an Paul Temple, der gerade nach Kairo reisen will. Er möchte doch einem Mann namens Richard Sullivan, der dort bei einer Ölgesellschaft arbeitet, seine Brille mitzunehmen, die er bei ihr vergessen hat. Temple will der jungen hübschen Dame diesen Gefallen gerne tun und akzeptiert. In Plymouth, wo die Temples am nächsten Tag übernachten, erfährt der Kriminalschriftsteller schließlich, dass Miss Raymond ermordet wurde. Nicht genug damit, auch im Nebenzimmer der Temples findet sich eine Leiche. Von da an bemühen sich alle Personen, die den Temples auf der Reise nach Kairo über Süditalien begegnen um die mysteriöse Brille, an der allerdings von der Polizei nichts Seltsames festgestellt werden kann ...

Dieses spannende Originalmanuskript erscheint erstmals auf Deutsch und stammt aus dem Jahr 1947. Die BBC-Aufnahmen aus den Jahren 1947/48 existieren nicht mehr, weshalb der britische Sender 2006 ein Remake produzierte. *Paul Temple und der Fall Sullivan* führt die Temple-Fangemeinde weit weg von der Themse: Durbridge beweist, dass seine Storys auch in Süditalien und Ägypten bestens funktionieren.

Band **21**	FRANCIS DURBRIDGE

Das Messer
Drehbuch für einen dreiteiligen Kriminalfilm
Vorwort und Nachwort: Dr. Georg Pagitz

Spezialagent Jim Ellis soll den Mord an einer Mitarbeiterin des Secret Service aus Hongkong klären, deren Leiche in einem walisischen Ort aufgefunden wurde. Alle Spuren führen in das Hotel Ivanhoe, das einer gewissen Mrs. Corby gehört. Dort hat die Ermordete zuletzt gelebt. Ellis bekommt es mit einer Vielzahl von Verdächtigen und einem Mörder zu tun, der für seine Taten einen chinesischen Dolch verwendet...

Diese Ausgabe gibt das Originaldrehbuch zu dem legendären deutschen Krimimehrteiler *Das Messer* von 1971 wieder, den Rolf von Sydow mit Hardy Krüger in der Titelrolle inszenierte. Die Edition enthält außerdem ein umfangreiches Vor- und Nachwort, in dem erstmals die Produktionsgeschichte dieses Straßenfegers erzählt wird.

Band **22**	FRANCIS DURBRIDGE

Tim Frazer und das Rätsel von Melynfforest
Drehbuch für einen sechsteiligen Kriminalfilm
Vorwort, Nachwort, Übersetzung: Dr. Georg Pagitz

Tim Frazer erhält einen neuen Auftrag. Dieser führt ihn in das beschauliche Melynfforest in Wales, wo die Polizei den Mord an Elaine Bradford untersucht. Charles Ross informiert seinen Mitarbeiter zunächst darüber, dass die Ermordete eigentlich Thackeray hieß und für seine Auslandsabteilung in Hongkong arbeitete. Aber was tat sie in Wales und warum wurde sie ermordet? Die Spuren führen in ein Hotel namens St. Bride. Elaine Bradford (oder besser gesagt: Miss Thackery) verbrachte dort die letzten Tage ihres Urlaubs. Im Verlauf der Ermittlungen spielen ein Brieföffner, ein walisisches Volkslied und ein verschwundener deutscher Wissenschafter namens Kurt Lander eine wesentliche Rolle. Die meisten Verdächtigen sind außerdem im Umkreis von Mrs. Chrichtons Hotel zu finden.

Dieses Buch enthält erstmals in deutscher Übersetzung das Drehbuch zum dritten Tim-Frazer-Abenteuer, das zwar in England, aber nicht in der BRD produziert wurde. Francis Durbridge überarbeitete den Stoff erheblich, änderte Figuren und Ende und machte daraus den 1971 gedrehten Krimiklassiker *Das Messer*. Dank der vorliegenden Ausgabe können Fans erstmals die Urfassung mit der deutschen Variante vergleichen. Das Buch enthält ein informatives Vor- und Nachwort sowie als Bonus das von Durbridge für das Kino geschriebene, unverfilmte Treatment *Tim Frazer und die Melvin-Affäre*.

Band **23**	FRANCIS DURBRIDGE

Porträt von Alison
Kriminalroman
Vorwort, Nachwort, Übersetzung: Dr. Georg Pagitz

Der Bruder des renommierten Kunstmalers Greg Forrester verunglückt bei einem Autounfall in Italien tödlich. Auch seine Beifahrerin, die bildhübsche Schauspielerin Alison Ford überlebt das Unglück nicht. Wenig später erscheint ihr Vater in Gregs Atelier und bittet den Maler, ein Gemälde von Alison anzufertigen. Von da an überschlagen sich die Ereignisse: Das Modell Jill Stewart wird erwürgt im Kleid der verunglückten Alison in Gregs Wohnung aufgefunden. Der Maler gilt daraufhin als Hauptverdächtiger und befindet sich in einem Teufelskreis. Im Laufe des Falls spielen eine Postkarte, eine Weinflasche und ein Name eine wesentliche Rolle.

Dieser Kriminalroman aus dem Jahr 1962 basiert auf einem sechsteiligen Fernsehkrimi von Francis Durbridge aus dem Jahr 1955, der auch für das Kino verfilmt wurde. Erstmals erscheint das Buch, das zuletzt 1967 auf Deutsch aufgelegt wurde, in einer ungekürzten Neuübersetzung mit zahlreichen Hintergrundinformationen und einem Vergleich mit Fernsehspiel und Kinofilm.

Band **24**   FRANCIS DURBRIDGE
Mein Freund Charles
Kriminalroman
Vorwort, Nachwort, Übersetzung: Dr. Georg Pagitz

Der renommierte Arzt Dr. Howard Latimer erhält einen Anruf von seinem Freund Charles Kaufmann. Der Filmproduzent bittet den Mediziner, eine deutsche Schauspielerin namens Frieda Veldon vom Flughafen abzuholen. Das ist der Beginn eines Teufelskreises, in den sich Latimer immer tiefer verstrickt. Wenig später wird die Darstellerin ermordet in seiner Wohnung aufgefunden. Erschlagen wurde sie mit einem bronzenen Kerzenhalter, der sich ausgerechnet in Latimers Wagen findet. Dann stellt sich heraus: Charles Kaufmann hat nie angerufen und der einzige Zeuge, der Latimer entlasten könnte, scheint nicht zu existieren …

Dieser Kriminalroman aus dem Jahr 1963 basiert auf einem sechsteiligen Fernsehkrimi von Francis Durbridge aus dem Jahr 1956, der 1957 auch für das Kino unter dem Titel *Interpol ruft Berlin* verfilmt wurde. Erstmals erscheint das Buch, das zuletzt 1967 auf Deutsch aufgelegt wurde in einer ungekürzten Neuübersetzung mit zahlreichen Hintergrundinformationen. Wer die Kunstfertigkeit von Francis Durbridge kennenlernen oder verstehen will, dem sei die Lektüre dieses Krimis ans Herz gelegt. *Mein Freund Charles* ist der Inbegriff dessen, was den britischen Autor ausmacht: Überraschungen im Minutentakt, ständige Drehungen und Wendungen und ein Protagonist in einem Teufelskreis. Wahrscheinlich Durbridges bester Roman!

Band **25**   FRANCIS DURBRIDGE
Dreimal Tod im Radio:
Mord in der Botschaft / Mr. Lucas / Die Caspary-Affäre
Originalhörspielmanuskripte
Vorwort, Nachwort, Übersetzung: Dr. Georg Pagitz

Mord in der Botschaft: In der Botschaft von Westovia geschieht in der Bibliothek während eines Balls ein Mord. Opfer ist General Rostard, der Premierminister und Dikator des mit Falkenstein verfeindeten Landes. Einige der Ballgäste hätten einen guten Grund gehabt, den Mann zu töten. Ein Mitarbeiter des Außenministeriums glaubt die Wahrheit zu kennen …

Mr. Lucas: In England treibt ein berüchtigter Hehler sein Unwesen, dessen Gesicht niemand kennt. Die Polizei hat herausgefunden, dass ein Mittelsmann namens Sterne ihm eine wertvolle Kette überbringen sollte. Der Ganove wird geschnappt und Inspektor Crawley übernimmt dessen Part. Er weiß nur, dass er sich unter der Identität eines Mr. Lucas in einen Zug setzen und darauf warten soll, dass man ihn kontaktiert.

Die Caspary-Affäre: In einem Sanatorium in der Schweiz erzählt der Schauspieler Samuel Brent seinem Arzt die Geschichte von einer tödlichen Affäre. Darin involviert sind sein Freund Sir Edward, eine Schauspielerin und ein Pianist. Wer von den zahlreichen auftretenden Personen wird wen am Ende töten? Und warum?

Dieser 25. Band der Durbridge-Edition von Williams & Whiting enthält die Hörspielmanuskripte zu drei spannenden Whodunits aus den Jahren 1937, 1945 und 1946 erstmals in deutscher Übersetzung. *Mord in der Botschaft* ist der älteste erhaltene Durbridge-Krimi überhaupt, der Autor war beim Abfassen erst 24 Jahre alt.

Das Buch enthält neben einem ausführlichen Vorwort auch eine umfangreiche Übersicht über sämtliche Hörspielkrimis von Francis Durbridge.

Band **26**   FRANCIS DURBRIDGE
Ein Fall für Sexton Blake
Skript für ein sechsteiliges Hörspiel
Vorwort, Nachwort, Übersetzung: Dr. Georg Pagitz

Im abgelegenen Schloss Saint Marguerite auf einer einsamen Insel im See geht der Schrecken um: Der Mann mit der eisernen Maske, das Familiengespenst der Familie Marthioly, scheint wieder auferstanden zu sein. Ein Mitglied der Marthiolys wurde bereits getötet. Meisterdetektiv Sexton Blake wird vom Neffen des Ermordeten um Hilfe begeben. Blake und sein Assistent Tinker machen interessante Entdeckungen wie beispielsweise einen unterirdischen Geheimgang. Bald stehen sie auch dem gefährlichen Mann mit der eisernen Maske gegenüber ...

Sexton Blake war im englischsprachigen Raum einer der populärsten Detektive. Er entstand im Fahrwasser von Sherlock Holmes und erlebte über beinahe 100 Jahre seine Abenteuer, die von den verschiedensten Autoren verfasst wurden. 1940 schrieb Francis Durbridge diese sechsteilige Radioserie mit dem beliebten Protagonisten und vereinte dort seine typischen Drehungen und Wendungen mit einem gelungenen Whodunit, der in vielen Aspekten an sein großes Vorbild Edgar Wallace erinnert. Das Buch enthält als Bonus das Manuskript zum Kurzkrimi *Der Knappe* und ein elfseitiges Interview mit Francis Durbridge.

Band **27**   FRANCIS DURBRIDGE
Der Tod kommt ins Hibiscus
Kriminalstück
Vorwort, Nachwort, Übersetzung: Dr. Georg Pagitz

Der Nachtclub *Hibiscus* im Londoner West End steht unter der neuen Leitung von Hugo Bismarck und Amanda Smith. Hugo beschließt als erstes, das Lokal von den bisherigen Schwarzmarktgeschäften zu befreien. Dies führt zu Morden und jeder Menge Chaos und der Erkenntnis, dass im Hibiscus nicht alles so ist, wie es auf den ersten Blick zu sein scheint.

Dieses Theaterstück aus dem Jahren 1942/43 wurde nie aufgeführt und war neben *Paul Temple muss her!* Durbridges frühestes Bühnenwerk. Der Brite wollte Zeit seines Lebens für die Bretter, die die Welt bedeuten, schreiben, avancierte aber erst in seiner späten Schaffensphase zum erfolgreichen Dramatiker.

Der Tod kommt ins Hibiscus basiert auf einem zwölfteiligen Radiokrimi der BBC, erfuhr jedoch zahlreiche Änderungen im Plot. Durbridge verfasste das Stück unter dem Pseudonym Nicholas Vane. Als Co-Autor agierte der vielseitige Regisseur, BBC-Produzent und Schriftsteller Val Gielgud.

Band **28**   FRANCIS DURBRIDGE
Paul Temple: Mord in Serie
Drehbücher und Manuskripte für die TV-Serie
Vorwort, Nachwort, Übersetzung: Dr. Georg Pagitz

Die BBC produzierte (später in Koproduktion mit Taunus-Film München) zwischen

1969 und 1971 52 Folgen der Fernsehserie *Paul Temple*, in der Francis Matthews die Titelrolle spielte. Keine der Geschichten (mit einer Ausnahme) stammte jedoch von Francis Durbridge, obwohl in der Anfangsphase geplant war, dass der Autor auch Drehbücher dazu abliefern sollte. Nachdem die von ihm vorgesehenen Pilotfolgen nicht verfilmt wurden, zog sich der Brite als Autor der Serie zurück.

Dieser Band enthält erstmals die beiden Drehbücher *Die Kelby-Affäre* und *Der Harkdale-Raub* sowie die drei Treatments *Die vorsichtige Miss Helvin, Der vorausgesagte Mord* und *Der Fall Calcary* inklusive umfassender Hintergrundinformationen.

Die Kelby-Affäre: Der Historiker Alfred Kelby verschwindet spurlos, mit ihm das Tagebuch von Lord Delamore, das offensichtlich nicht veröffentlicht werden darf. Bald findet man Kelbys Leiche. *Der Harkdale-Raub:* In einem Ort in den Midlands kommt es zu einem spektakulären Banküberfall. Wenig später wird Temple in den Fall involviert und findet in seiner Garage die Leiche eines Komplizen. *Die vorsichtige Miss Helvin:* Inspektor Vosper ermittelt im Mordfall einer jungen Frau, deren Gesicht unkenntlich gemacht wurde. Temple schaltet sich ein. *Der vorausgesagte Mord:* Ein Mann berichtet Temple, dass er einen Mordplan belauscht hat. Wenig später ist er selbst tot. *Der Fall Calcary:* Ein siebenjähriger Junge verschwindet auf einem Rummelplatz spurlos. Die Schauspielerin Calcary bittet Paul um Hilfe …

Band **29**   FRANCIS DURBRIDGE
Das Halstuch
Kriminalroman – ungekürzt & neu übersetzt
Vorwort, Nachwort, Übersetzung: Dr. Georg Pagitz

In Littleshaw, einem Ort in der Nähe von London, wird auf einem Ackerwagen die Leiche des Fotomodells Fay Collins gefunden. Die junge Frau wurde mit einem Halstuch erwürgt. Der ermittelnde Kriminalinspektor Harry Yates stellt fest, dass Fay in ihren Taschen ein Telegramm hatte, in dem sich ein gewisser Terry für das Halstuch bedankt. Dieser Terry hat, wie der Bruder der Ermordeten, der Musiklehrer Edward Collins, aussagt, Fay außerdem ein teures Armband geschenkt. Aber wer verbirgt sich hinter dem Namen Terry? Marian Hastings, die Braut des Gutsbesitzers Alistair Goodman, erkennt auf einem Foto in der Zeitung jenen Mann wieder, der mit Fay Collins am Tatabend verabredet war: Es handelt sich um Clifton Morris, einen erfolgreichen Zeitungsverleger.

Kein anderes Werk ist bekannter als Francis Durbridges *Das Halstuch*. Der Roman basiert auf dem Originalmanuskript zu *The Scarf* und wurde neu übersetzt und erscheint erstmals ungekürzt.

Im Vor- und Nachwort gibt es umfassende Hintergrundinformationen zu allen europäischen Verfilmungen des Drehbuchs mit besonderem Augenmerk auf die Produktionsgeschichte des legendären deutschen Mehrteilers von 1961. Kritiken, Ausschnitte aus dem Originaldrehbuch und weitere Hintergrundinfos runden diese umfassende Ausgabe ab.

Band **30**   FRANCIS DURBRIDGE
Julian
Drehbuch für einen Fernsehkrimi
Vorwort, Nachwort, Übersetzung: Dr. Georg Pagitz

Julian Kane ist ein erfolgreicher Pianist und Frauenheld, der schon für das Ende so mancher Ehe verantwortlich war. Weitere Umstände führen dazu, dass es an jenem Nachmittag im Hause des renommierten Psychiaters Sir John Mallion niemanden mehr gibt, der nicht einen Grund hätte, ihm aus Hass oder Eifersucht eines der vermeintlich sicher weggesperrten Giftfläschchen ins Getränk zu schütten. Wer wird zuschlagen? Und warum?

Julian wurde unter dem Arbeitstitel *Prelude to Murder* von Francis Durbridge als neunzigminütiges Fernsehspiel verfasst. In der BRD war seitens des WDR kurz nach dem *Halstuch*-Erfolg im Jahr 1962 eine Verfilmung geplant, die immer wieder verschoben und letztlich nie realisiert wurde. Die Story basiert auf dem Hörspiel *The Caspary Affair* von 1946, wurde aber ausgebaut und verändert (inklusive Täterwechsel), in Italien als Hörspiel produziert und schließlich von Durbridge zum Theaterstück – mit vielen Entwicklungsstadien und Veränderungen – umgearbeitet. Im umfangreichen Vorwort wird darauf eingegangen.

Band 31   FRANCIS DURBRIDGE
Ein Mann namens Harry Brent
Kriminalroman – ungekürzt & neu übersetzt

Vorwort, Nachwort, Übersetzung: Dr. Georg Pagitz

Tom Fielding betreibt in der Nähe von London eine Firma, die elektronische Geräte herstellt. Alles läuft bestens, aber er hat mit seiner Sekretärin Pech: Diese will ihn wegen einer bevorstehenden Heirat bald verlassen. Fielding sucht eine neue Sekretärin und glaubt diese in der hübschen Barbara Smith gefunden zu haben. Doch während des Vorstellungsgesprächs zieht die junge Frau eine Waffe und erschießt Fielding. Sie wird verhaftet und kann sich in ihrer Zelle vergiften. Bevor sie stirbt, verlangt sie nach einem gewissen Harry Brent. Dieser Mann ist ausgerechnet der Verlobte von Fieldings alter Sekretärin Carol Vyner und taucht fortan bei den Ermittlungen von Inspektor Alan Milton, dem Exfreund von Carol, immer wieder als Hauptverdächtiger auf. So findet er es heraus, dass Barbara Smith Blumen am Grab von Brents Eltern niedergelegt hat und dass sich Harry Brent und Tom Fielding schon sehr viel länger kannten, als dieser zugibt …

Dieser Kriminalroman erscheint neu übersetzt und ungekürzt. Durbridge-Fans werden überrascht sein, denn abgesehen von Umbenennungen der Orte und Figuren ist auch das Ende anders als im legendären deutschen TV-Krimidreiteiler *Ein Mann namens Harry Brent* von 1968. Der WDR bat Durbridge damals darum. Darauf und auf die Produktionsumstände der englischen, deutschen, italienischen, französischen und polnischen Verfilmung des Stoffs wird in einem umfangreichen, hundertseitigen Nachwort eingegangen. Besonderes Highlight: Unveröffentlichte Exklusivinterviews mit den Darstellern von damals (Brigitte Grothum, Peter Ehrlich und Wolfgang Preiss).

Band 32   FRANCIS DURBRIDGE
Wie ein Blitz
Kriminalroman – ungekürzt & neu übersetzt

Vorwort, Nachwort, Übersetzung: Dr. Georg Pagitz

Der reiche Geoffrey Stewart wird in einem abgelegenen Haus ermordet. Die Täter sind sein Angestellter Mark Paxton und seine Ehefrau Diana Stewart, die mit Mark ein Verhältnis hat. Als man die Leiche beseitigen will, ist diese verschwunden. Dafür meldet sich der Ermordete mehrmals bei seiner Ehefrau per Telefon und treibt diese fast in den Wahnsinn. Ganz nebenbei geschehen weitere Morde. Inspektor Clay ist mit den Ermittlungen beauftragt und hat nicht nur das Mörderpärchen Diana und Mark unter Beobachtung, sondern verdächtigt auch das Ehepaar Thelma und Walter Bowen sowie den Tankstellenbesitzer Ned Tallboy …

Wie ein Blitz basiert auf dem 16. mehrteiligen Krimi, den Durbridge für die BBC schrieb. 1966 in England ausgestrahlt, folgten bald weitere europäische Adapti-

onen, darunter die 1970 gezeigte deutsche Version mit Ingmar Zeisberg, Peter Esch-
berg, Albert Lieven, Paul Hubschmid und Horst Bollmann. Für die BRD schrieb
Durbridge sein Drehbuch etwas um und ergänzte es um zahlreiche Szenen. Darauf,
auf die weiteren Verfilmungen und auf viele andere spannenden Fakten wird im
umfangreichen Nachwort auf über 100 Seiten eingegangen. Besonderes Highlight
sind zwei exklusive, bisher nie veröffentlichte Interviews mit Regisseur Rolf von
Sydow und Darstellerin Eva Pflug.

Band 33   FRANCIS DURBRIDGE
Ein Reisepass voller Gefahr
Manuskript für ein sechsteiliges Hörspiel
Vorwort, Nachwort, Übersetzung: Dr. Georg Pagitz

Der Journalist Roger Knight verschwindet in Afrika spurlos. Zuvor lässt er dem
Britischen Geheimdienst noch eine Nachricht auf dem Armband seiner Uhr zukom-
men. Seine Schwester Linda West, eine bekannte Schauspielerin, erhält eines Tages
den Anruf von Major Hadley, der sie bittet, für den Geheimdienst Ihren Bruder zu
suchen. Linda wurde in London bereits Opfer eines Mordanschlags, den sie nur
knapp überlebte. Zudem landete eine junge Frau, die ihr ähnlichsah, tot in der Themse. Wer will ihr Böses? Und warum? Hat es etwas mit der Nachricht zu tun, die
Linda vor Wochen als letztes Lebenszeichen von Roger erhielt? Die Schauspielerin
nimmt den Auftrag des Geheimdiensts an und sucht gemeinsam mit dem Journalisten
Tim Valentine, einem Berufskollegen ihres Bruders, in Casablanca nach einer ersten
heißen Spur.

Dieses sechsteilige Hörspiel von Francis Durbridge stammt aus dem Jahr 1945
und wurde nie auf Deutsch vertont. Es enthält alle typischen Zutaten eines typischen
Krimis des britischen Autors. Zudem ähneln die Titelfiguren stark den bekannten
Krimihelden Paul und Steve Temple. Der Autor schrieb die Story in den 1960ern zu
einem Filmtreatment für einen geplanten Tim-Frazer-Kinofilm in Deutschland um,
der nie realisiert wurde. Dazu und zu den Hintergründen des Hörspiels gibt es umfassende Infos im Begleittext. Außerdem enthält das Buch einen Artikel über die für
Durbridge so spezifischen mysteriösen Gegenstände in seinen Kriminalgeschichten.

Band 34   FRANCIS DURBRIDGE
Die Kette
Kriminalroman – ungekürzt & neu übersetzt
Vorwort, Nachwort, Übersetzung: Dr. Georg Pagitz

Der Vater von Scotland-Yard-Inspektor Harry Dawson stirbt auf dem Golfplatz.
Scheinbar war es ein Unfall, denn Tom wurde von einem Golfball so unglücklich
getroffen, dass er seinen Verletzungen erlag. Harry glaubt nicht an die Geschichte
und recherchiert auf eigene Faust. Als Peter Newton, der den tödlichen Golfball
abschlug, ermordet aufgefunden wird, ist klar, dass auch Tom Dawsons Tod kein
Unfall war. Im weiteren Verlauf der Ermittlungen spielen ein Hundehalsband, eine
gestohlene Perlenkette, ein Mann im Rollstuhl und ein geheimnisvoller Hintermann,
dessen Gesicht niemand kennt, eine entscheidende Rolle …

Francis Durbridges Roman beruht auf seinem 1966 für die BBC geschriebenen
Mehrteiler, der erfolgreich in verschiedenen Ländern verfilmt wurde. In der BRD war
seit 1966 eine Adaption in Gespräch, die aber aus verschiedenen Gründen nie zustan-
de kam. Durbridge überarbeitete das Originaldrehbuch, gab ihm den neuen Titel *The
Circle* und änderte sämtliche Personennamen. Daraus wurde schließlich 1977 der
TV-Zweiteiler *Die Kette* mit Harald Leipnitz und Uschi Glas. Auf die Produktionsge-

schichte wird im umfangreichen Nachwort auf über 130 Seiten eingegangen.

Band 35   FRANCIS DURBRIDGE

Zakary

Szenarium für einen Kinothriller

Vorwort, Nachwort, Übersetzung: Dr. Georg Pagitz

Großbritannien, Sommer 1914: Der Oxford-Absolvent Oliver Sheldon wird von seinem Onkel einem Mann vom Secret Service vorgestellt. Dieser möchte, dass Sheldon nach Japan geht und unter dem Vorwand, ein Buch zu schreiben, vor Ort Informationen sammelt. Sein Deckname lautet Zakary. Oliver erhält den Auftrag, Daten über ein geheimes U-Boot zu beschaffen. Bald bricht der Erste Weltkrieg aus und im Laufe der Jahre ändert sich auch die Einstellung der Japaner gegenüber Großbritannien, aber auch jene Olivers zu seinem Vaterland. Er arbeitet zwar noch als Spion, befindet sich jedoch immer mehr in einem großen Gewissenskonflikt …

Francis Durbridge schrieb dieses Szenarium für den renommierten italienischen Filmproduzenten Dino de Laurentiis. Was anfangs wie eine typische Durbridge-Kriminalgeschichte beginnt und über Strecken sogar die so typischen Wendungen enthält, wird allmählich zu einem Film über Spionage und Krieg, geht hin bis zu den Ereignissen in Pearl Harbour und zieht sich schließlich in der Handlung über 30 Jahre hinweg. Die wohl ungewöhnlichste Geschichte von Francis Durbridge zu einem Kinofilm, der nie realisiert wurde, aber mit Sicherheit ein internationaler Blockbuster geworden wäre.

Band 36   FRANCIS DURBRIDGE

Paul Temple und der Curzon-Fall

Kriminalroman – ungekürzt & neu übersetzt

Vorwort, Nachwort, Übersetzung: Dr. Georg Pagitz

Paul Temple hört auf der Party seines Verlegers von Sir Graham Forbes und Inspektor Charlie Vosper vom mysteriösen Verschwinden zweier Schuljungen in Dulworth Bay in Yorkshire. Von Roger und Michael Baxter fehlt jede Spur. Vospers Ermittlungen ergaben, dass auf dem Cricketschläger von Roger neben Unterschriften einiger Spieler ein Name zu finden ist, der nicht zugeordnet werden kann: Curzon. Niemand kennt diese Person. Als in Gegenwart von Temple in London eine Frau erschossen wird, die ihm wichtige Hinweise geben wollte, nimmt der Kriminalschriftsteller die Ermittlungen auf und fährt in das Fischerdorf, in dem alle Stricke zusammenlaufen …

Dieser Kriminalroman basiert auf dem Hörspiel *Paul Temple and the Curzon Case* von 1949, das 1951 auch mit René Deltgen in der Hauptrolle unter dem Titel *Paul Temple und der Fall Curzon* vertont wurde. Das Buch erschien 1971 im Fahrwasser der von der BBC ausgestrahlten zweiundfünfzigteiligen TV-Serie *Paul Temple* und wurde handlungsmäßig in die 1970er-Jahre verlegt, was zu einigen Änderungen führte. Neben einer Auflistung sämtlicher Hörspieladaptionen mit Hintergrundinfos enthält dieser Band auch einen Artikel über die typischen Paul-Temple-Zutaten.

Band 37   FRANCIS DURBRIDGE

Mr. Hartington starb morgen

Manuskript für ein achtteiliges Hörspiel

Vorwort, Nachwort, Übersetzung: Dr. Georg Pagitz

Der Filmproduzent Oliver Hartington, der »Zar« von Hollywood, ist hinter den Rechten eines Romans her, den ein gewisser Peter London geschrieben hat. Doch wer ist Peter London? Eine wochenlange in den Medien hochgespielte Suchaktion verläuft im Nichts. Dann wird Hartington plötzlich bei einer Siesta in seinem Stammlokal ermordet – und auf einmal scheint es drei verschiedene Peter Londons zu geben. Es stellt sich nicht nur die Frage, wer von ihnen der echte Peter London ist, sondern auch, wer von allen Beteiligten ein Motiv hatte, den erfolgreichen Filmproduzenten zu töten. Verdächtig sind unter anderem ein junger Schriftsteller, die Gewinnerin eines Schönheitswettbewerbs, eine Sekretärin, ein Drehbuchautor, ein Filmregisseur und eine Schauspielerin. Inspektor O'Hara von der Polizei Los Angeles ermittelt und bekommt es bald mit weiteren Leichen zu tun …

Francis Durbridge schrieb dieses achtteilige Kriminalhörspiel, dessen Manuskript erstmals auf Deutsch übersetzt wurde, 1942 unter dem Pseudonym Lewis Middleton Harvey für die BBC. Er taucht dabei in die Welt von Hollywood ein und schildert in diesem Umfeld eine rätselhafte Mordgeschichte. Durbridge wäre nicht Durbridge, wenn in diesem Whodunit alles so wäre, wie es den Anschein hat.

Band **38**   FRANCIS DURBRIDGE
Paul Temple und das Genfer Rätsel
Kriminalroman – ungekürzt & neu übersetzt
Vorwort, Nachwort, Übersetzung: Dr. Georg Pagitz

Der Londoner Verleger Charles Milbourne soll bei einem Autounfall in der Schweiz ums Leben gekommen sein. Mehrere Indizien deuten jedoch darauf hin, dass der Mann noch lebt. Davon ist vor allem seine Ehefrau Margret überzeugt, während Maurice Lonsdale, der Schwager des Toten, daran zweifelt. Paul und Steve Temple nehmen sich des Falls nach anfänglichem Zögern an …

Dieser spannende Roman, früher gekürzt unter dem Titel *Zu jung zum Sterben* erhältlich, erscheint in einer ungekürzten Neuübersetzung mit Hintergründen zum zugrundeliegenden Hörspiel *Paul Temple und der Fall Genf* aus dem Jahr 1966 und einer ausführlichen Darstellung des Paul-Temple-Universums im Nachwort.

Band **39**   FRANCIS DURBRIDGE
Die Nylonmorde
Kriminalroman – ungekürzt & neu übersetzt
Vorwort, Nachwort, Übersetzung: Dr. Georg Pagitz

Andrea Lake war eine junge, vielversprechende Schauspielerin. Doch die talentierte junge Frau wird eines Tages tot aus der Themse gezogen. Sie wurde mit einem Nylonstrumpf erwürgt. Dr. Leslie Sanders, ihre Schwester, will der Sache auf den Grund gehen und betreibt deshalb Nachforschungen auf eigene Faust. Sie begibt sich dabei auf gefährliches Terrain. Was weiß der Regisseur Peter Hamilton? Welche Rolle spielt die Schauspielerin Sylvia Graham? Und wer ist der anonyme Anrufer, der sich bei ihr meldet?

Diesen spannenden Kriminalroman verfasste Durbridge 1952/53 als zwölfteiligen Fortsetzungsroman für den *Sunday Dispatch*. Das Buch enthält auch eine Auflistung und Einteilung aller Durbridge-Romane und -Kurzgeschichten.

Band **40**   FRANCIS DURBRIDGE
Paul Temple und die Schlagzeilenmänner
Kriminalroman – ungekürzt & neu übersetzt
Vorwort, Nachwort, Übersetzung: Dr. Georg Pagitz

Der Kriminalroman Die Schlagzeilenmänner ist ein großer Publikumserfolg und wird von den Lesern nur so verschlungen. Ein besonderer Grund ist, dass niemand die unbekannte Autorin des Stoffs kennt, eine gewisse Andrea Fortune. Als wenig später einige Verbrechen geschehen, finden sich am Tatort immer Visitenkarten mit dem Aufdruck Die Schlagzeilenmänner. Die mysteriösen Raubüberfälle stehen mit einer Serie von Entführungen und Morden in Verbindung. In welchem Zusammenhang stehen die Taten mit dem Roman? Und wieso kann sich keines der Entführungsopfer an die Vorgänge vor der Tat erinnern? Welche Rolle spielt der Klavierstimmer Goldie, der gerade in Paul Temples Wohnung auftaucht, als Scotland-Yard-Inspektor Hunter vor der Wohnung des Detektivs und Schriftstellers eine Leiche in der Telefonzelle findet? Fragen über Fragen für Paul Temple ...

Dieser Kriminalroman war fast vierzig Jahre lang vergriffen und erscheint nun erstmals ungekürzt in einer Neuübersetzung. Das Buch enthält viele Hintergrundinformationen zu dem Stoff, dem ein verschollenes Hörspiel zugrunde liegt und auf dem auch ein Theaterstück beruht.

Band **41**   FRANCIS DURBRIDGE
Michael Starr ermittelt
Radiomanuskripte für 25 Mitratekrimis
Vorwort, Nachwort, Übersetzung: Dr. Georg Pagitz

Michael Starr ist ein gutaussehender, junger Londoner Privatdetektiv, der jeden Fall durch genaues Zuhören und geschicktes Kombinieren lösen kann – und dies zur Freude von Scotland-Yard-Inspektor Robert »Bob« McCraw, der in vielen Fällen nicht weiterkommt und auf die Hilfe seines Freundes angewiesen ist. Für Starr ist es ein Leichtes, die Morde, Erpressungen, Brandstiftungen und Diebstähle aufzuklären, denn er hört genau zu und kann schon nach kurzer Zeit sagen, wer von den Verdächtigen die Tat begangen hat ...

Michael Starr Investigates war 1944 eine beliebte wöchentliche Radioserie der BBC, in der das aufmerksame Publikum mitraten konnte, wer der Täter war. Wer wie der Titelheld Michael Starr genau aufpasste, konnte mitkombinieren, wo der Fehler lag. Dieser Band enthält 25 der 26 kurzen Krimirätsel, die Francis Durbridge für die BBC schrieb, erstmals in deutscher Sprache (ein Manuskript ist leider verschollen). Die amüsanten Geschichten bieten der aufmerksamen Leserschaft die Gelegenheit, mitzuraten. Dieser Band enthält ein informatives Vorwort und im Anhang einen Artikel über die Radioermittler von Francis Durbridge, der abseits von Paul Temple noch zahlreiche weitere interessante (und leider bis dato unbekanntere) Detektivfiguren schuf.

Band **42**   FRANCIS DURBRIDGE
Die Memoiren von André d'Arnell
Radiomanuskripte für neun Mitratekrimis
Vorwort, Nachwort, Übersetzung: Dr. Georg Pagitz

André d'Arnell ist – wie er von sich selbst sagt – der erfolgreichste Privatdetektiv Europas. Er ist ein kleiner, leicht graumelierter, dunkelhaariger Franzose mit einem aparten Schnurrbart, trägt gern ausgefallene, bunte Kleidung und ist dreiundvierzig Jahre alt. Er ist ein Mann, dem kein Detail eines Kriminalfalls entgeht – und genau darin liegt seine Stärke: Weil er genau hinhört und aus Aussagen und Indizien die richtigen Schlüsse zieht, kann er jeden Täter überführen. Egal ob es sich um Mord, Diebstahl, Brandstiftung oder Erpressung handelt: Unterstützt von seiner Frau Lucille klärt André d'Arnell jeden Fall ...

Dieses Buch enthält die Originalmanuskripte zu der Ratekrimireihe *Die Memoiren von André d'Arnell* erstmals auf Deutsch. In den neun in sich abgeschlossenen Episoden wird dem Publikum die Möglichkeit gegeben, herauszufinden, wie der Täter sich verriet. Mit dem etwas von sich eingenommenen Detektiv André d'Arnell hat Durbridge eine originelle Ermittlerfigur geschaffen, die mit Intelligenz und Humor ihre Fälle löst. Diese Ausgabe enthält außerdem die Texte zu drei Radiokurzkrimis, die Durbridge in den 1930ern schrieb: *Der Knappe*, *Das Ass* und *Paul Jones*.

+ +

DEMNÄCHST

+ +

Band **43**   FRANCIS DURBRIDGE

Tim Frazer I: Der Fall Denston

Kriminalroman – ungekürzt & neu übersetzt

Vorwort, Nachwort, Übersetzung: Dr. Georg Pagitz

Tim Frazers Kompagnon Harry Denston verschwindet spurlos. Tim begibt sich nach Henton, nachdem er von Harry ein Telegramm erhalten hat, ihn dort zu treffen. Doch Harry erscheint in dem idyllischen Fischerdorf an der Ostküste nicht. Stattdessen stirbt in Frazers Hotel ein russischer Matrose namens Anstrov, der im Todeskampf ständig nach jemanden namens Anya schreit. Außerdem wird Tims Brieftasche gestohlen. Zurück in London erfährt er, dass er für eine Abteilung der Regierung Harry Denston finden soll. Frazer, dem Denston auch eine Menge Geld schuldet, nimmt den Auftrag an. Bei seinen Nachforschungen wird ihm sein Freund und Kompagnon immer fremder. Was weiß dessen Verlobte Helen Baker? Was hat es mit einer Reihe von Schiffsmodellen der North Star auf sich? Und weshalb bietet ein zwielichtiger Autohändler eine horrende, völlig überzogene Summe für Harrys Wagen?

Dieser Kriminalroman war fast vierzig Jahre lang vergriffen und erscheint nun erstmals ungekürzt in einer Neuübersetzung. Das Buch enthält auch alle Hintergrundinfos zur englischen Originalverfilmung sowie zu der deutschen Adaption mit Max Eckard aus dem Jahr 1962 und zur italienischen Fassung aus den 1970ern. Auf Basis der Korrespondenz und von Tagebucheintragungen des Autors wird die spannende Geschichte der Mehrteiler rekonstruiert. Damalige Zeitungsberichte und Kritiken bereichern das Buch ebenso, wie ein Drehbuchausschnitt einer entfallenen Szene in der deutschen Fassung und ein Interview mit einer Darstellerin von damals.

Band **44**   FRANCIS DURBRIDGE

Tim Frazer II: Die Salinger-Affäre

Kriminalroman – ungekürzt & neu übersetzt

Vorwort, Nachwort, Übersetzung: Dr. Georg Pagitz

Tim Frazer wird von Charles Ross beauftragt, nach Amsterdam zu fahren, um dort den mysteriösen Tod eines gewissen Leo Salinger zu untersuchen. Salinger war ein Mitarbeiter in Ross' Abteilung und soll beim Überqueren einer Straße von einer gewissen Barbara Day überfahren worden sein. Schnell macht Frazer deren Bekanntschaft und lernt gemeinsam mit ihr den Amerikaner Cordwell kennen. Als sie zurück in London sind und Frazer Barbara Day besuchen will, findet er den ermordeten Cordwell in ihrer Wohnung. Neben ihm steht ein Metronom. Frazer lernt schließlich auch Barbaras Freundin Vivien kennen, die allerdings irgendwie in das Verbrechen verstrickt ist. Frazer erfährt, dass der eigentliche Hintermann Ericson heißt. Einen Schlüssel zur Lösung stellen das Metronom und ein geheimnisvoller Tulpenzwiebel-katalog dar.

Dieser Kriminalroman war fast vierzig Jahre lang vergriffen und erscheint nun erstmals ungekürzt in einer Neuübersetzung. Das Buch enthält auch alle Hintergrund-infos zur englischen Originalverfilmung sowie zu der deutschen Adaption mit Max Eckard aus dem Jahr 1963 und zur französischen Fassung aus den 1970ern.

Band **45**   FRANCIS DURBRIDGE
Tim Frazer III: Das Melynfforest-Rätsel
Kriminalroman – ungekürzt & neu übersetzt
Vorwort, Nachwort, Übersetzung: Dr. Georg Pagitz

Tim Frazer bekommt einen neuen Auftrag: Er ermittelt im Mord an einer Agentin des britischen Geheimdienstes, die in Hongkong arbeitete. Eigentlich sollte er sie treffen und vom Flughafen abholen, aber wie sich herausstellt, ist die Dame, die sich ihm als Miss Thackery vorstellt, nicht die richtige Agentin. Auch das Tonband, das sie ihm übergibt und das wichtige Informationen enthalten sollte, enthält nur ein walisisches Volkslied. Die Spur führt Frazer nach Wales. In Mellynfforest steigt Frazer in einem Hotel ab, in dem er Oberst Lockwood, einem pensionierten Soldaten kennen lernt. Hat er etwas mit dem Fall zu tun? Eine weitere Spur führt in das Büro des Immobili-enmaklers Roger Thornton. Weiß er mehr, als er zugibt? Und welche Rolle spielt die junge Reporterin Rita Colman? Die Ermittlungen führen schließlich auch in die Unterwelt von Cardiff.

Dieser Kriminalroman war fast vierzig Jahre lang vergriffen und erscheint nun erstmals ungekürzt in einer Neuübersetzung. Das Buch enthält auch alle Hintergrund-infos zur englischen Originalverfilmung sowie zu der deutschen Adaption *Das Mes-ser*, die Durbridge wesentlich überarbeitet hat, indem er die Figuren umbenannte, neue Handlungselemente einführte und den Täter änderte.

+ + + WEITERE TITEL IN VORBEREITUNG + + +

Informationen zu allen englischen und deutschen Durbridge-Büchern von Williams & Whiting: **www.williamsandwhiting.com**

www.ingramcontent.com/pod-product-compliance
Lightning Source LLC
Chambersburg PA
CBHW050827180626
46814CB00004B/1495